追放された万能魔法剣士は、皇女殿下の師匠となる

軽井広

ILL. COMTA

TSUIHOU SARETA BANNOU MAHOUKENSHI HA KOUJYODENKA NO SHISHOU TO NARU

TOブックス

トラキア帝国
帝都
侵攻・占領
聖ソフィア
騎士団本部
シンラ王国
（帝国に従属）

ソロンの
故郷
前線
国都
ポルスカ
王国
アレマニア・
ファーレン共和国
同盟
共和連盟
諸国
帝国従属
小国群
カロリスタ王国
（中立）

CONTENTS

TSUIHOU SARETA BANNOU MAHOUKENSHI HA KOUJYODENKA NO SHISHOU TO NARU

第三章

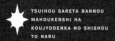

イラスト：COMTA

デザイン：世古口敦志(coil)

第一章

TSUIHOU SARETA BANNOU
MAHOUKENSHI HA
KOUJYODENKA NO SHISHOU
TO NARU

一話　器用貧乏の魔法剣士、追放される

トラキア帝国は大陸最大の覇権国家だ。しかし、帝国の人口の急激な増加は深刻な資源不足と土地不足をもたらした。

そこで注目を集めたのが、帝国の無数の地下遺跡。それは、財宝や資源の宝庫で、増えすぎた帝国臣民の移住場所ともなる、夢の場所だ。

しかし、遺跡には手強い人間の敵たちがいる。

彼らは、魔族と呼ばれる遺跡の住人で、普通の人間では歯が立たない。

そこで地下遺跡攻略のために、冒険者パーティーが派遣される。

実力ある冒険者パーティーは、魔族を殲滅《せんめつ》して地下遺跡攻略を次々と成功させ、人々から英雄として熱狂的に迎えられていた。

そのなかでも、帝国最強と言われる冒険者集団の一つが、聖ソフィア騎士団だ。

騎士団を結成したのは、聖女ソフィア、聖騎士クレオン、そして俺、つまり魔法剣士ソロン。

聖女ソフィアは騎士団の団長。パーティーの切り札であり、団員の結束の象徴でもある。飛び級で魔法学校を卒業して、しかも首席だった。治癒の力と超大型の攻撃魔術を使いこなせる天才美少女だ。

クレオンは若き聖騎士として聖剣を使いこなし、規格外の攻撃力を持っている。

そして、俺は副団長である魔法剣士ソロン。剣と魔法を切り替えながら使い、攻守・回復・支援のすべてをこなしてきた。

騎士団は、もともと、魔法学校の同級生だった俺たちが、魔法学校卒業とともに作った小さな冒険者パーティーだった。

けれど、わずか数年で俺たちのパーティーは、難関地下遺跡の攻略に次々と成功。帝国政府からも騎士団の勅許《ちょっきょ》を受け、冒険者の憧れの的となっていった。

騎士団の幹部も十三人に増えた。そのそれぞれが帝国最強クラスのスキルの持ち主でもある。

いまや騎士団の団員になるのは、冒険者にとっての最高の名誉の一つとさえ言われているのだ。

だから、副団長である俺の名前も、どこの町でも誰もが知っている。

けれど――

「悪いけど、君は追放だ。ソロン」

「…………へ？」

戸惑う俺の肩を長身の青年が叩いた。聖騎士クレオンだ。

ここは帝国東方の港町にある騎士団本部。

その会議室に呼び出されたら、どういうわけか騎士団幹部十人が揃いも揃って彼の後ろに控えている。

聖女ソフィアを除けば、栄誉ある聖ソフィア騎士団の幹部の全員が集まっていた。

俺はひととおり彼ら彼女らを眺めて、それからクレオンに尋ねた。

「クビってことかな？」

「そういうことだ。副団長を解任し、団員の身分も剥奪する。理由を言ったほうがいいか？」

「へえ、教えてくれるのか。さすが聖騎士様、親切だね」

クレオンは俺の軽口に答えず、目を伏せた。

代わりに仲間の女賢者アルテが進み出る。黒髪黒眼の美少女で、着ているローブの色もやはり黒。聖女ソフィアと並ぶと絵になると帝都では評判だった。

帝立魔法学校での俺たちの後輩であり、学校を首席で卒業した秀才でもある。

そのアルテの言葉はかなり辛辣《しんらつ》だった。

「あのですね、追放の理由なんて、ソロン先輩が役立たずだからに決まってるでしょう？」

「役立たず？　俺はいつも剣で戦い魔法で攻撃し、盾で味方を守って仲間を回復させていたよね？」

「それがダメなんですよ」

吐き捨てるようにアルテは言った。

「たしかにあなたは魔法剣士だから、剣の腕も悪くはない。攻撃魔法の腕もそこそこ。盾で敵の攻撃を受けることも一応できるし、回復魔法もちょっとは使えます」

「それが俺の役割だったからね」

聖女ソフィアと聖騎士クレオンが担当できないスキルをすべてバランスよく使いこなせるというのが俺の強みだった。

聖女も聖騎士も能力は圧倒的に高いが、特化型なせいでスキルが偏っている。だから、仲間が俺とソフィアとクレオンの三人だけだったころは、魔法剣士である俺が万能型でなければ、パーティーは成り立たなかった。

「だけど今の騎士団のメンバーとレベルでは、あなたのスキルってどれも中途半端なんですよね。器用貧乏ってことです」

「俺だって努力してスキルのレベルを上げているよ」

「そんな努力は無駄なんです。攻撃魔法は先輩じゃなくてあたしが使えばいいでしょう。だって、賢者であるあたしの方がずっと強力な魔法が使えるんですから。盾役はもっと高い防御力のある人がふさわしいんです。剣で戦うなら、聖剣使いのクレオン先輩の方がずっと技量が上。回復はあの規格外の聖女様がやればいい」

俺は反論しようとして……反論の言葉が見つからなかった。

部屋の隅の鏡を見ると、そこには引きつった笑みを浮かべた俺の姿があった。

アルテはため息をついた。

「こないだの遺跡でも高位の魔族と戦うときは、先輩は何もできてなかったです。自分の身を守るのに精一杯。ほんの一欠片だって戦闘に貢献できていませんでしたよね？」

「……たしかにそうかもしれないけどね」

「あなたは何の役にも立ててない。あなたはあたしたちの誰かの劣化版なんです。もっと優秀な代わりはいくらでもいるんですよ。あなたみたいな中途半端な人が仲間にいて、しかも副団長だなんて、迷惑なだけ」

アルテが言い切ると、他の幹部たちもうなずいた。

彼ら彼女らを代表して、クレオンが無表情のまま告げた。

「君の追放は幹部全員で決めたことだ」

「俺も幹部だったよね？　俺の意見は無視するってことかな」

「今日からは君は幹部じゃない。足手まといは、いらないんだよ」

俺の知らないところで、すべては決められていた。

もう俺は、彼らの仲間ではないという。

幹部の誰も、俺の味方ではなさそうだ。

騎士団幹部たちは俺を無能だと言って追放するらしい。

なるほど。彼らの言葉にも一理ある。

俺は戦闘面では騎士団の役に立てていない。

けれど。

「なあ、誰がこの騎士団をここまで育て上げたと思ってる？　クレオンじゃないよね。俺が騎士団に強いメンバーを集めて、資金を集め、最適な攻略対象を調査してきた。だから、今の騎士団が帝国最強と呼ばれているんだ」

「そんなふうに恥ずかしげもなく自画自賛できるんですね、先輩は」

アルテが蔑むように言った。俺はクレオンを見据えた。

「事実だからだ。そうだろう、クレオン？」

「ああ、ソロンの言うとおりだろうな。これまでのソロンの貢献には感謝している。だけど創設メンバーだからって特別扱いするつもりはない」

「これからだって、俺なしではこの騎士団はやってけないはずだよ」

「違うさ。ソロンなしでも大丈夫だ。団長のソフィアと新しい副団長の僕、そしてアルテたちで協力すれば、問題はすべて解決だ。だから君は追い出されるんだ」

「俺にはそうは思えないけどね」

「君はそう思っても、僕たちは君を必要ないと判断した。それは間違いない」

俺とクレオンはしばらく睨み合った。やがて俺はため息をついた。

「追い出されるのは別にいい。だけど、事前に俺に一言、相談してくれても良かったじゃないか」

俺のささやかな抗議には、誰も答えなかった。

幹部の大男、ガレルスが席を立った。彼は騎士団の防御の要だ。そして、ガレルスは伯爵家の生まれで、平民出身の俺を事あるごとに見下していた。

ガレルスは俺を蔑むように見て、そして部屋から出ていった。

それを合図に、アルテたち幹部はみんな黙って、部屋から退出した。

後に残されたのは俺とクレオンだけだ。

クレオンは立ったまま、俺を見下ろしていた。

俺は立ち上がり、クレオンに右手を差し出した。

クレオンが怪訝《けげん》そうな顔をする。

俺は言った。

「別れの握手だよ」

「ソロン、もう僕と君は仲間じゃない」

「だから握手もできないって？　なら言い方を変えよう。魔法学校以来の長い付き合いだ。最後ぐらい、友好的に別れようよ」

クレオンは少しためらった後、黙って俺の手を握り返した。

「君は変わらないな、ソロン」

「そういうおまえは強くなったな、クレオン」

「昔の僕は弱かったからな」

クレオンは目をそらして、ため息をついた。

「だけど今は僕のほうが優れた冒険者だ。これから僕たちは今までより強大な敵が支配する地下遺跡へと向かう」

「成功を祈ってるよ」

「ああ。僕たち騎士団なら、きっとできる」

「ソフィアのことだけが心配だな」

「君が心配することじゃない」

俺は肩をすくめた。

聖女ソフィアも、クレオンと同じく、俺とは魔法学校時代以来の友人だ。

ソフィアは帝国侯爵の娘で、一方の俺は貴族の使用人の息子。

本来なら身分がぜんぜん違うのだけれど、同じ魔法学校にいるかぎり、貴族も平民も平等だ。

それに学校を卒業した頃は、俺はそれなりに頼りになったと思う。ソフィアは飛び級で首席の天才だったが、逆に言えば俺より五歳も年下だし、しかも病弱だった。世間知らずで実戦にも弱かった。

だから、ソフィアは事あるごとに「ソロンくんがいないとダメなの」と言って、俺を頼ってくれていた。

ところが、聖女となったソフィアは、俺なんか足元にも及ばないほど優秀になった。十分に強い仲間もいる。おまけに俺と違って、彼らはみな貴族。

一方の俺はたいして能力も成長しなかった。貴族と平民の才能の差なのかもしれない。

「なあ、クレオン。ソフィアは俺の追放に賛成しているの？」

「言っただろう。幹部全員で決めたことだって。ソフィアも賛成しているよ。会って確認してくるか？」

俺は首を横に振った。

俺はソフィアからも、もう必要とされていないということなんだろう。

それに、ソフィアがこの場にいないということは、俺に追放を言い渡すのがつらいということなのかもしれない。

それなら、ソフィアに会えば、気まずい思いをさせるだけだ。

「一応言っておくが、ソフィアは君のためを思って、パーティーから外すことに賛成したんだ」

「俺のため？」

「これから僕たちの敵はもっと強くなる。だから、君が怪我をしたり、死んでしまったりするかもしれない。ソフィアはそれが心配ということだ」

「なるほどね」

パーティーを結成して間もない頃に、そういうことがあった。

実力不足の少女を仲間にして、そのせいでその子を失った。

俺もソフィアもクレオンも、二度と同じ間違いをしないように気をつかってきた。

クレオンが言う。

「ソロン。これからはソフィアを守るのは君じゃない。公私ともに僕の役目だ」

「公私ともにって、それって……」

「僕とソフィアは婚約したんだよ」

俺は少し驚き、それから納得した。

前から、クレオンとソフィアが付き合っているという噂は騎士団内部でも町でも流れていた。

そういうことがあるのなら、二人のどちらかから俺に打ち明けてくれるだろうと思って聞き流していたけれど、どうやら事実だったようだ。

追放のことといい、二人が付き合っていたことといい、俺はいつでも除《の》け者にされていたということなんだろう。

「おめでとう」

俺はそれだけ言って、立ち上がった。

クレオンもソフィアも天才肌の実力者。家柄も良いし、美男美女でもある。

お似合いだ。

俺は自分の部屋に戻って荷物をまとめた。

仮にも創設以来の団員である俺には、騎士団からかなりの財産が分与されることになる。

騎士団員時代に蓄えた金も、帝都の商会の出資金にしてあるけれど多額にのぼる。

だから、金に困るということはない。

けれど、金はあっても共に戦う仲間はいない。目標もない。

ソフィアはもう俺を必要としていない。

これから、俺はどうすればいい？

俺は深呼吸をした。

これから考えればいいさ。

しばらくは一人で楽しくのんびり暮らしたい。

それなら行き先は帝都にするのが良さそうだ。あそこにはあらゆる種類の職がある。

きっとなにかいい選択肢があると思う。

俺は帝国最強の騎士団の副団長なんかじゃない。

ただの普通の魔法剣士ソロンとして、出発だ。

†

冒険者の攻略対象である地下遺跡。それは帝国全土に散らばっているが、特に帝国東方に多い。

そういうわけで聖ソフィア騎士団も東部の港町に本部を置いている。

ここから帝都に戻るには、馬車でもけっこう時間がかかる。

有名な騎士団の団員だから、いや元団員だが、正体がバレると騒がれて面倒だ。

おまけに追放されたわけだから、あまりかっこいい立場でもない。

たしかに俺は、「魔法剣士ソロン」として有名だけど、直接姿を見たことがあるという人は少ない。

だから黙っていればわからないはずだ。

俺は身分を隠して料金を払い、大きな乗合馬車に乗り込んだ。

乗客はそこそこたくさんいる。護衛も二人いる。このあたりの街道は治安も良いけど、襲撃の危険がまったくないわけじゃない。

馬車が走り始めてからしばらく経った。

俺はあくびを噛み殺していたが、目の前に腰掛けていた女性客がこちらをちらちらと眺めているのに気付いた。

たぶんソフィアと同じくらいの年頃の少女だった。ふわりとしたスカートは新調されたもののように見えるし、全体的に丁寧に仕立てられた服を着ている。

つまりこの少女は裕福だ。

しかし乗合馬車に乗っているということは貴族や豪商の令嬢というわけでもないらしい。彼女は短くさっぱりとした髪型をしているが、仕事の邪魔にならないようにしているんだろう。

帝都にいる貴族の使用人といったところかな、と思う。

どうしてこの子は俺を気にしているんだろう。

ちなみに俺は、使い古した安物の冒険者の服装をしている。

興味を引くような対象じゃないと思うけれど。

「なにか気になりますか？」

と俺が尋ねると、少女はびくっと身体を震わせた。

「す、すみません。じろじろ見たりして。無作法ですよね」

少女は恥ずかしそうに顔を赤らめた。無作法だと言いながらも、相変わらず少女の大きな瞳はこちらに向けられている。

なんというか、小動物っぽい雰囲気の子だ。

「あたし、クラリスって言います。皇宮でメイドをやってるんです」

「それはすごいですね」

と相づちを打ちながら、クラリスが使用人という自分の予想があたったことに満足する。

けれど皇宮勤めというのまではわからなかった。

メイドとはいっても、やっぱり帝室が関わるところで働いていれば尊敬される。採用されるのも簡単ではないはずだ。

「自慢ってわけじゃないんですけどね」

そう言いながらも、ふふふ、とクラリスは笑う。

やっぱり自慢なんだろう。

俺は苦笑しながら、尋ねる。

「このあたりにはなにか用事でもあったんですか？」

「実家があるんです。あ、お兄さん。あたしの方が年下ですから敬語なんてつかわなくていいですよ」

「それはどうも。俺に話しかけたのはどうして？」

「旅は道連れ、というでしょう？　話し相手がほしかったんです。お客さんの中では一番お兄さんがあたしと歳が近そうですし」

そう言われれば、護衛を除けば、乗っている若者はたしかに俺とクラリスだけみたいだった。

俺は本名を言うわけにもいかないので、ダビドという偽名を名乗った。

クラリスは俺が腰に下げている剣をじっと見た。

「それ魔法剣ですよね」

「よくわかるね」

「へえ、お兄さんは魔法剣士さんなんですね？」

「そのとおりだけど？」

ついでにいえば、この魔法剣は伝説の宝剣テトラコルド。だけど知らない人から見れば、ただの古びた剣にしか見えないと思う。

魔法剣士の数は決して多くないが、とても珍しいというほどでもない。魔法剣士だからといって、「聖ソフィア騎士団のソロン」だとバレるということもないはずだ。

しかしクラリスは嬉しそうな顔をして言った。

「魔法剣士といったらソロン様ですよね！」

「ソ、ソロン様？」

言ってから思わず咳き込む。

落ち着け、と自分に言い聞かせる。

俺のことだと気づいて言っているわけじゃない。

クラリスはこの場にいない有名人の話題を振っただけだ。

「やっぱりお兄さんもソロン様に憧れて魔法剣士になったんですか？」

当然、そんなわけはない。ソロンは俺自身のことだからだ。

だいたい、俺たちの騎士団が有名になったのはそんな前の話じゃない。

けれど、俺が否定の言葉を口にする前に、クラリスが続きを言った。

「いいですよね、ソロン様！　あたし、大ファンなんです。聖女ソフィア様を助けて遺跡の魔族と戦って、どんな強敵にも一歩も引かない！　騎士道精神あふれる素敵な方だって聞いてます！」

そうでもないんじゃないかな、という言葉を俺は飲み込む。

ソロンを否定するようなこと言ったら、クラリスは不機嫌になりそうだ。

まあ、俺のことなんだけど。俺はそんな立派な奴じゃないよ。

「それにあたしたちと同じ平民出身ですし！　もともとはあたしみたいな貴族の使用人だったんでしょう？　そういう意味でも憧れなんです」

「なるほどね」

平民出身だから「魔法剣士ソロン」は人気がある。貴族を凌《しの》ぐ実力をもち、聖女の仲間として最強の騎士団を作り上げた。

平民の夢を叶えた理想の存在。世間では、俺をそうやって持ち上げている。

けれど、現実はどうか。

結局、貴族の優秀な仲間に負けて、パーティーを追い出されてしまった。

クラリスみたいに俺のことを尊敬してくれる人がいると思うと、気分が重くなる。

世間では、まだ俺が騎士団を追放されたと知らないんだ。

「ソロン様やお兄さんみたいな冒険者が遺跡を解放してくれるおかげで、あたしたち平民が生きていくことができるんですよ」

クラリスはふわりと微笑むと言った。

突然、馬車が大きく揺れ、そのまま停止した。

おかしな気配がする。

クラリスを見ると目があった。彼女の瞳は不安そうに揺れていた。

俺はつぶやいた。

「襲撃だ」

「え？」

「クラリスさんはじっとしていた方が良いよ」

旅の馬車を狙う賊徒《ぞくと》は少なくない。積荷を手に入れれば売り払える。積荷が人間でも例外じゃない。

奴隷は帝国でもっとも高価な商品の一つだ。

外から男の絶叫が聞こえた。

護衛が一人殺されたみたいだ。

俺が立ち上がるのと同時に馬車の前方と側面が切り開かれる。

賊が乗客のいる位置まで侵入してきたんだ。

残りの護衛も逃げたんだろうな。

「おうおう、金を持っていそうな奴らも多いな。ええ？　若い娘もいるじゃないか、こいつぁ楽しめそうだ」

賊の頭領らしい大男が喚き散らす。

その手下たちもにやにやと笑ってクラリスを舐めるように見ていた。

クラリスが「ひっ」と小さく悲鳴を上げる。

俺はクラリスの正面に回り、彼女が賊徒の視線にさらされないようにした。

「ははあん、それで女をかばっているつもりか、小僧」

「まあ、そのつもりだね」

俺が淡々と答えると、頭領はにやりと笑った。

「たった一人で俺たち『漆黒山賊団』を相手にできると思ったか。ずいぶんとなめられたもんだな。ええ？」

漆黒山賊団ね。盗賊のくせに大層立派な名前で、ちょっと、というか、だいぶ違和感がある。

だが、聞いたことはある。

冒険者のパーティーと同じで、攻撃、盾、回復、支援といったふうに六人の賊で役割分担をしているらしい。

少数精鋭で、なかなか厄介な賊だとも聞く。

どっちにしても、降りかかる火の粉は払わないといけない。

俺は剣を鞘《さや》から抜き放ち、盾を構える。

「漆黒山賊団の皆さん。悪いけれど、俺も手加減はできない。命が惜しければ、さっさと立ち去ることを勧めるよ」

「野郎ども、この思い上がった小僧をぶっ殺してやれ！」

頭領が大声をあげると、六人の男がにやつきながら戦闘態勢に入る。

油断は禁物。

戦いの基本は、『初手から全力で行く』だ。

俺は剣を右に振った。

次の瞬間、漆黒山賊団の回復役と支援魔道士らしき男たちが紅蓮《ぐれん》の炎に包まれる。

男たちの悲鳴が聞こえる。

頭領は驚愕しながらも、こちらに斬りかかってきた。

仲間が死んでも怯《ひる》まないのは立派だが、無駄だ。

頭領の大剣を盾で防ぐ。

同時に水色に輝く攻撃魔法がこちらに飛んでくる。かわす余裕はないけれど、そんなに高度な術じゃない。

直撃してもダメージは少ない、と踏んで、俺は身をかわさなかった。

魔法剣士としての魔法耐性が俺を守ってくれている。

大剣を振り下ろして隙だらけの頭領を斬って捨て、同時に回復の魔法をかけて体力を戻す。

そして加速の魔法で残りの三人との間合いを詰めた。

いまや彼らを守る物は何もない。

俺が剣を一閃させると、彼らは音もなく倒れた。

俺は六人の死体を見下ろした。

人殺しは好きじゃないが、初めてというわけでもない。

漆黒山賊団は帝国軍の討伐対象。彼らは多くの人を毒牙にかけた報いとして、遅かれ早かれ殺されていたはずだ。

俺は手をかざして彼らを弔《とむら》った。それが帝国教会の教義だった。

「す、すごいです！　お兄さん！　まるでソロン様みたい！」

振り返ると、クラリスがきらきらと輝くような瞳でこちらを見つめていた。

尊敬されるのは悪い気分じゃないけれど、苦笑もしてしまう。

「『まるで』って言うけれど、クラリスさんはソロンのことを見たことないよね？」

「でも、きっとソロン様もこんな感じで活躍してるんですよ！　たった一人でなんでもできちゃうんです！」

「どうかな」

「きっとそうです！」

まあ本人だから間違ってはいないけれど。

追い出されたとはいえ、帝国最強の冒険者パーティーで副団長をやっていたんだ。

山賊ぐらいは、まあ普通に倒せる。

俺はあたりを見回し、それから馬車の御者にかけよった。彼はけっこうな高齢で、ついでに腰を抜かしていた。

とんとん、と御者の肩を叩き、手を差し伸べて立ち上がるのに力を貸す。

落ち着いた御者に尋ねる。

「どうです？　馬車は動かせそうですか？」

「ええ、まあ、なんとか。ちょいと手を入れる必要があるでしょうがね」

「それは良かったです」

「助かりましたぜ、旦那。あんたは命の恩人だ」

乗客たちも「そのとおり！」とうなずき、口々に感謝の言葉を述べた。彼らからなにか礼をしようと言われたけれど、当座の金に困っているわけじゃない。

結局、馬車の運賃を無料にするという御者の申し出だけを受けることにした。

人を守って礼を言われるというのは悪い気分ではないけれど。

いままで、俺が守るべきだったのは、騎士団の仲間たちだった。

だけど、いまでは俺はソフィアたちを守る力もないし、共に戦える力もない。

なら、俺はこれから何を守っていけばいいんだろう？

帝都にその答えはあるんだろうか。

二話　真紅のルーシィと求人情報

道中いろんな街に滞在してだらだら過ごしたので、帝都まで戻るのにはたっぷり三週間はかかった。

人口二百万人の大都市である帝都。

長引く不景気のせいで、以前に比べれば活気は少し減っているが、それでも帝都が大陸経済の中心であることは変わらない。

到着したのは朝早かったから、市場をとおりがかると無数の魚屋や料理店がひしめいていた。

帝都で料理店とかを開店、というのも悪くないかもなあ、とも思う。

さいわい騎士団のメンバーであった頃の蓄えも十分にあるし、開店資金に困ることはなさそうだ。

これでも俺は貴族屋敷の使用人の子。

屋敷の一流の料理人のもとで料理を習っていたこともある。

でも、たしかに料理の技術に自信はあるけれど、帝都で本職の料理人と勝負してやっていけるほどではないか。

結局、「中途半端」「器用貧乏」という問題に突き当たってしまう。

ともかく、まずは必須の用事を済ましてしまわないといけない。

行き先は帝立魔法学校。

俺たちが卒業した学校だ。

俺が会うのは、その学校のルーシィ教授だ。

教授は俺たちの恩師。

そして聖ソフィア騎士団にとっても、重要な協力者の一人だった。

帝都に戻ったら必ず顔を出せと教授は言っていた。

魔法学校は帝都の東地区に位置する。俺は青空を背に立つ時計塔を見上げた。

この学校の時計塔は、帝都のなかでも指折りの高さを誇っていた。

時計塔のてっぺんには青い星型の装飾が輝いている。

サファイアで作られたその星は、魔法の力でいつも光を放っていて、魔法学校の象徴となっていた。

俺は懐かしさに、思わず一瞬だけ足を止めた。

ここにいた頃は、ソフィアもクレオンも俺の友人だった。

ルーシィ先生のいる部屋の前に来た。

「失礼します」

俺が部屋に入ったとき、ルーシィ先生はいかにも高価そうな茶色の椅子に深々と腰掛けていた。

「よく来たね、ソロン。急に帝都に戻ってくるなんて、どうしたの？」

彼女は静かに言い、それから燃えるような真紅の瞳で俺を見つめた。

ルーシィ先生はまだ二十代後半の女性だ。

飛び抜けて優秀な成績と研究で、若くして帝立魔法学校の教授の職を得たのだ。

百年に一度の天才だとか、伝説の大魔法使いの再来だとか、彼女を褒め称える言葉には事欠かない。

けれど、俺は彼女のそれ以外の面もよく知っている。

俺は何も言わず、そのまま立ち尽くした。

彼女は美しい赤く長い髪をかきあげて、言った。

「どうしたの？　もしかして私に見とれていた？」

「少しだけ」

と俺が正直に言うと、ルーシィ先生はにやりと笑った。

「そうでしょう？　だって、私、美人だものね！」

「そういうこと言わなければ、性格も美人だと言われると思いますけど」

「見た目は美人、ってところは認めてくれるわけね？」

「そこは事実ですから」

俺は淡々と言った。

印象的な赤い髪に赤い瞳、それに透き通るような白い肌に、やや幼い印象だけれど端正な顔立ち。

魔法学校の教員が着ているゆったりしたローブも、ばっちり似合っている。

普通は黒色の教員用ローブだが、ルーシィ先生のだけは特製で鮮やかな真紅で、それも彼女の存在をひときわ目立たせている。

俺の同級生の男は誰もが彼女をアイドル扱いしていたけれど、わかる気がする。

「昔さ、私があなたの指導教官に決まったとき、周りの友達にけっこう羨ましがられたんじゃない？」

「先生は自意識過剰ですよ」

「で、どうだったの？」

「それはもう、妬《ねた》まれましたよ。毎日恨み言の嵐です」

「あらら」

「ホントに決闘を挑まれたりして、笑い事じゃなかったんですよ」

俺は渋い顔をして抗議してみた。

ルーシィ先生は頬杖をついて、くすくすと笑った。

「いいじゃない。そのぐらいの面倒事は我慢しなきゃ。私みたいな美人で天才でとっても優しい教師に教えてもらえるなんて、最高の幸運だったと思わない？」

「まあ、そうですね。幸運だったと思います」

「あら、素直なのね。軽口叩いて否定するかと思ったけれど」

「幸運だったと思うからこそ不思議なんです。ルーシィ先生はどうして俺を選んだんです？」

この学校では上級生になると、ひとりひとりの生徒に指導教官が決められる。

どの生徒を誰が担当するかは、生徒と教師がお互いを選び合って決める。生徒は自分を最も理解し、成長させてくれると思う教師を希望する。教師は生徒の希望を参考に、生徒の素質を図り、自らの弟子を決めていく。

そうすると、自然と優秀な生徒には優秀な教官がつくようになる。逆に言えば、優れた教官は優れた才能を持つ弟子しか採らないということだ。

なら、どうして抜群の天才であるルーシィ先生が俺を選んだのか。

ずっと疑問だった。

ルーシィ先生の答えは明快だった。

「あなたに才能があると思ったから」

「俺には才能なんてないですよ」

「あなたは帝国最強の騎士団を作り上げたわ。魔法剣士としても大活躍！　そうでしょう？」

「けれど、追い出された」

ルーシィ先生は一瞬、固まった。

それから、「どういうこと？」と真面目な顔になって俺に質問した。

俺はやむなく、一連の流れを説明した。

アルテたちに罵《ののし》られたあたりはぼかしたけれど、それでも、ルーシィ先生には十分に伝わったようだった。

ルーシィ先生は美しい瞳を憂いに染め、深くため息をついた。

「そう。残念ね」

「仕方ないことですよ」

「仕方なくなんてないわ！　ひどいじゃない！　あなたがあなたのために作った騎士団を仲間に裏切られて追い出されるなんて、そんなのあまりに理不尽じゃない？」

「そう言ってくれて嬉しいです。でも、俺が彼らの役に立たなくなったのは変わらない。いまさら何も変えられないんです。俺はクレオンにもソフィアにもアルテにも、それにルーシィ先生みたいにもなれないんですから」

ルーシィ先生は絶句して、うつむいた。

結局のところ、ルーシィ先生も、ソフィアやアルテたちと同じ天才なのだ。

俺とは違う。

ルーシィ先生は俺にささやくような小さな声で問いかけた。

「剣と魔法の才能がすべてじゃないわ。私は、あなたにはもっと別の力があるって知ってるもの」

「慰めてくれるんですか？」

「ソロンが望むなら、抱きしめて頭を撫でてあげる」

「遠慮しておきます」

俺が肩をすくめると、ルーシィ先生は小さく笑った。

「これからどうするの？」

「しばらくは帝都にいるつもりですけど、何の予定もないですし、まずは職探しかな、と」

「そう。そうなのね」

ルーシィ先生は机の引き出しから一枚の書類を取り、ペンで文字を書いて俺に渡した。

俺はそれをしげしげと眺めた。

「なんです、これ？」

「求人情報」

「求人情報？」

「師匠からの命令よ。いい？　あなたは皇女フィリア殿下の家庭教師になるの」

ルーシィ先生が何を言っているのか、すぐには頭に入ってこなかった。

俺は恐る恐る教授に聞いた。

「皇女って皇帝陛下のご息女のことですか？」

「それ以外に何があるの？　帝国第十八皇女フィリア内親王殿下は御年十四歳。その美しさは可憐な百合の花にもたとえられ、その聡明さは古の賢者コンフにも匹敵する素晴らしい方だ──って言われてるの、知らない？」

「俺は初めて聞いたんですが」

「ともかく素晴らしい方なの」

「なんで俺なんかが、そんな高貴な方の家庭教師になれるんです？」

「皇女殿下の希望だからよ。皇女殿下は冒険者に憧れている。具体的には聖ソフィア騎士団のソロン副団長みたいな、剣と魔法で一人で戦える強い力を持った人にね」

「へ？」

「だから、ソロンみたいな魔法剣士を家庭教師にしたいって殿下自身が言っていたんだけれど、なかなか殿下の気に入る人がいなくって。そしたら、適任者がいるなって思ったの」

「そりゃあ俺はソロン本人ですけど、なんでソフィアやアルテに憧れるんじゃなくて、俺に憧れたりするんです？」

「それは殿下に直接お話を聞けば良いんじゃない？　あなたって有名だもの。不思議じゃないわ」

世間は俺を英雄だと思っている。皇女殿下も例外じゃない、ということか。

俺の脳裏には、魔法剣士ソロンのことを熱く語るクラリスの姿が浮かんだ。クラリスはきらきらと輝く瞳でソロンが素晴らしい人物だと熱弁を振るっていた。

それは虚像だ。そんな立派なソロンなんてどこにもいない。

追放された、ただの魔法剣士だ。

「しかしですね……」

と言いかけた俺の口に、ルーシィ先生は人差し指を当てた。

「可愛い恩師が紹介してあげているんだから、素直にやりなさい」

「俺に務まるかどうか」

「あら、私はあなたは教師に向いていると思うわ」

「どうしてそんなことがわかるんです？」

「だって、私はあなたのことをよく知っているもの。あなたは私の自慢の弟子よ」

ルーシィ先生は柔らかく微笑んだ。

結局、俺はその仕事を引き受けた。

ルーシィ先生によれば、皇女殿下の家庭教師というのは、侍従という高位の役職ももらえるそうだ。

ついでに給与はかなりの額になるともいう。

それに、ルーシィ先生の頼みを断ることなんてできなかった。

俺は魔法学校から出た後、宿屋を探して荷物を預け、身なりを整えた。

さっそく来週には皇宮行きだ。

三話　皇女はソロンのために紅茶を淹れる

帝都の中心部の広大な敷地を占める皇宮。帝国の財を惜しみなく使い、帝国の技術の粋《すい》を尽くして作られた皇宮には、数多くの皇族が住んでいる。

フィリア殿下も、皇帝陛下の何十人もいる娘の一人にすぎない。皇女と言っても一部屋を与えられているだけで、使用人もごくわずか。

母もすでに亡くなっており、フィリア殿下の身には何の後ろ盾もない。

そうは言っても、相手は皇女殿下である。

雲の上の存在というやつだ。

皇宮のなかに足を踏み入れた俺は、だんだんと緊張してきた。

前に入ったのは、魔法学校を卒業するにあたって、皇帝陛下に謁見した日だ。

でも、そのときはあくまで俺は数百人いる卒業生の一人に過ぎなかった。主役は学年首席の聖女ソフィアだった。

今は違う。

俺は一個人として皇族に会うんだ。

警備の兵にルーシィ先生からの身元保証状を見せて、着慣れない黒い礼服をうっとうしく思いながら、皇宮の奥へと進んでいく。

「ソロン様、でいらっしゃいますね?」

振り向くと、そこには小柄なメイドが立っていた。彼女はスカートの端をつかみ、うやうやしく会釈《えしゃく》する。

慌てて俺も会釈を返す。

「そのとおりです」

「私はフィリア殿下にお仕えするリアと申します。以後、お見知りおきを」

そう言うと、リアはふわりとほほえんだ。

落ちついた物腰に、上品な雰囲気。銀色に輝く綺麗な髪が、丁寧に結われている。

さすが皇女に仕えるメイド。洗練されているな、と感心する。

聖女ソフィアは誰もが憧れる美少女だが、この少女リアもソフィアと同じぐらい容姿端麗《たんれい》だ。

ただ、リアの顔立ちには、まだ幼さも残っているような気がする。十四歳か十五歳ぐらいじゃないかな。

リアが廊下の奥を手で示した。

「それでは、ご案内いたします」

「ご親切にどうもありがとうございます」

俺が何も考えずにそう言うと、リアは不思議そうな顔をした。

しばらくして、自分がおかしなことを言っていたことに気づく。

俺は貴族でないにせよ、皇女殿下の家庭教師として貴族に近い待遇を受けることとなっている。

メイドより立場は上ということになっているんだから、タメ口で話した方が良さそうだ。俺が気にしなくても、敬語を使われるとリアはかえってやりにくいだろう。

俺は誤魔化すように笑みを浮かべた。リアの案内のとおりに歩き出す。

「ごめん。皇宮に入ることなんてほとんどないから緊張したんだ」

「多くの魔族を討伐した英雄でも、緊張なさるんですね」

「英雄？　俺は英雄なんかじゃないよ。偉いのは聖女ソフィアたちだけだ」

「私はソロン様のことを英雄だと思っていますし、その英雄に会えて緊張していますし、とても嬉しいです」

「それはありがとう」

くすっとリアは笑う。

そういうふうに率直に言われると、困惑してしまう。

いや、まあ、お世辞なのかもしれないけれど。

「どうやったら、私もソロン様みたいになれますか？」

「え？」

「私なんかがソロン様みたいになりたいなんて、生意気かもしれませんけど……」

「そんなことはないよ。むしろ俺よりも才能はありそうだけどね」

仮にも俺は魔法剣士。一目見れば、その人がどれだけの魔法適性を秘めているかはざっくりとはわかる。そして、このリアという少女は明らかに魔法の才能があった。

それにリアの歩き方や挙措《きょそ》は綺麗で、剣を握れば、かなり筋がいいんじゃないかと思う。

良い師匠を得れば、彼女はかなり強くなれるだろう。

そう言うと、リアは嬉しそうな顔をした。

「本当ですか？　お世辞ではありませんよね？」

「お世辞なんて言わないよ。ただ、目指すんだったら、俺なんかじゃダメだ。聖女様やアルテみたいな一流の人を目指さないと」

「私はソロン様みたいな魔法剣士になって活躍したいんです！　剣や魔法も勉強してみたけど、うまくいかないし……」

上品なメイドじゃなくて、普通の少女みたいな口調になってきてるなあ、と俺が考えていたら、リアがぐいとこちらに身を乗り出した。

「私の師匠になってください！」

「へ？」

「ソロン様に直接教えてもらえば、きっと私も強くなれます」

「それはそうかもしれないけど……」

「ダメ、ですか？」

魔法学校の教師とかに習っても良いんじゃない？　と言っても、リアは聞かなかった。

俺はリアの熱意に押され、結局、負けた。

皇女殿下に教えるついで、ということなら、あんまり負担にもならなさそうだったし、良いかなとも思う。

「帝都にいるうちは相談ぐらいは乗るよ」

「ありがとうございます！　約束ですよ？」

「う、うん」

リアはとても上機嫌になり、弾んだ足取りで歩き出した。

皇宮のなかで、あんまりはしゃぐと怒られたりしないんだろうか。

なんとなく、リアの態度に違和感を覚えた。

最初のお淑《しと》やかな振る舞いと、今のリアの明るさは、ちぐはぐな印象だ。

何かがおかしい。

けれど、皇女フィリアの部屋の前についたことで、そんなことはどうでもよくなった。それより、問題は皇女殿下だ。

皇女の機嫌を損ねれば、面倒なことになりかねない。

しかしメイドのリアはいきなり皇女の部屋の扉の取っ手をつかみ、勢いよく開け放った。

ノックとかしなくていいの？　相手は皇女様なのに？

「中に入っていいよ、ソロン」

綺麗な声で俺に命じたのは、リアだった。

結っていた髪を解《ほど》くと、にっこりとメイド服の少女は振り返ってほほえんだ。ちょこんとその手で優雅にスカートの端をつまむ。

「はじめまして。そして嘘ついてごめんね？　わたしの名前はリアじゃなくてフィリアなの」

「フィリア……内親王殿下？」

「うん。いちおう、この国の皇女だよ？」

リアは、いやフィリア内親王殿下は楽しそうに言った。

目の前の少女はメイドの振りをしていたけれど、本当は皇女なんだという。

理解した俺は顔がさあっと青ざめていくのを感じた。

洗練された振る舞い。銀色の髪が特徴的な驚くほど美しい容姿。それに不自然なほどの明るさ。

たしかにこの少女はメイドではなく、高貴な身分だと思ったほうが自然だ。

少女は慣れた様子で、広い部屋の奥へと進み、そこにある赤い豪華な椅子に腰掛けた。

俺は慌てて部屋のなかに入り、少女の前にひざまずいた。

「どうしたの？」

「……殿下。どうかさきほどまでのご無礼をお許しください」

俺はかすれた声で言った。

「無礼？　ソロンは何も失礼なことはしていないよ？」

「しかし、皇女殿下と知らず、目下に対するような態度で話してしまいました」

「わたしが『メイドのリア』だって名乗ったからでしょ？　なら、ソロンの責任じゃないよね？」

「そうは仰《おっしゃ》いますが……」

「ごめんね。困らせちゃったかな？」

申し訳なさそうに、フィリア殿下が上目遣いでこちらを見ている。

俺は深呼吸した。

皇女殿下が怒っているわけじゃない。誰かに見られているわけでもない。

なら、不敬罪になるとか、深刻に考えなくてもいいはずだ。

俺は首を横に振った。

「困ってはいません。少し驚いただけです。でも、どうしてこんな嘘をついたんですか？」

「あなたがどんな人か知りたかったの。わたしは皇女だから、みんな緊張しちゃうし、本音では喋ってくれないし」

「でも、メイドに変装すれば、相手の本当の姿を知ることができるというわけですね？」

フィリア殿下は小さくうなずいた。

無邪気に見えて、いろいろ考えている子なんだな、と思う。

そういう理由なら、嘘をつかれたのもそれほど怒る気にはならない。

俺はにこりと笑って、皇女殿下に尋ねた。

「それで、私がどんな人かわかりましたか？」

「優しくて謙虚な人だなって思った。すごく強いのに、偉そうにしないんだね。知り合ったばかりのメイドのお願いも、聞いちゃうんだ」

ぴょんっと、飛び跳ねるようにフィリア殿下がこちらに身を寄せる。

フィリア殿下は瞳をきらきらと輝かせ、俺をまっすぐに見つめている。

「わたしがソロンのことを英雄だって思っているのは本当だし、会えて嬉しいって思ってるのも本当だよ？」

「私はそれほど立派な人物ではございません。しかし、殿下にそう仰っていただけるのは身に余る光栄です」

「そんなに固くならなくていいのに。もっと普通に喋ってくれていいよ。『メイドのリア』と話すときみたいに」

「しかし……」

「これからソロンはわたしの師匠になるんだから。『メイドのリア』との約束、守ってくれるよね？」

「皇女殿下のご命令とあらば喜んで。そもそも私は殿下の家庭教師となるべく、この場に参上しているのですから」

そう言うと、なぜかフィリア殿下は少し不満そうな顔をした。なにか機嫌を損ねるようなことを言ったかな。

しかし、すぐに殿下は明るい笑顔に戻った。

「よろしくね。ソロン。あなたに教えてもらえること、楽しみにしているから」

フィリア殿下は綺麗な手を俺に差し伸べた。

握手しよう、ということみたいだ。

俺は一瞬ためらってから、右手を差しだして、握手に応えた。

「殿下のご期待に添えれば良いのですが」

フィリア殿下の小さな手は、ひんやりとした感触がした。

緊張しながら握手を終えて、俺たちは手を離す。

フィリア殿下はふふっと笑った。そして、メイド服のままの皇女フィリア殿下は、ぽんと手を打つ。

「着替えてこなくちゃ」

「そういえば、侍女の方とかはいないのですか？」

普通に考えれば、皇女に仕える本物のメイドがどこかにいるはずだ。

「一人だけ、いるんだけどね」

「少ないですね」

俺は反射的に答えて後悔した。

失礼な言い方じゃなかっただろうか。

使用人がほとんどいないということは、フィリア殿下は何かしらの理由で冷遇されているのかもしれない。それを口に出して指摘するのは、皇女の気分を害してもおかしくない。

けれど、皇女は愉しそうに微笑んだ。

「そう。少ないの。あ、わたしがお茶を淹れてあげようか？　せっかくメイド服も着ているし」

「で、できるんですか……？」

そういうのは使用人がやることで、皇女ともあろうお方ならペンより重いものは持ったことはなく、まったく生活能力もないと思っていた。

実際、俺の父が使用人をしていた屋敷では、公爵令嬢は本当に何もできなかった。

フィリア殿下は頬を膨らませた。

「子ども扱いしないでほしいな。そんなことぐらい簡単にできるんだから」

「い、いえ。私が淹れますから」

「ほら、できないと思っている」

フィリア殿下は水を片手鍋に入れると、パチンと指を鳴らした。

途端に水が湯へと変わり、沸騰する。

大したものだ、と俺は感心した。

殿下は火魔法を使いこなして、それを日常生活に役立てている。

いったい誰に教わったんだろう？

殿下は歌うように言った。

「美味しい紅茶を淹れるなら、しっかり水を沸騰させること！」

それから皇女殿下はてきぱきとポットを温めて、茶葉を入れて蒸らし始めた。

砂時計で三分経つまで待たないと、美味しい紅茶は飲めない。

俺とフィリア殿下は座って待った。

皇女にお茶を淹れさせてしまったけれど、良かったんだろうか？

いや、良いはずがない。

主にお茶を用意させる使用人がいたら、クビだと思う。

「気にしなくていいんだよ」

殿下は俺の内心を見透かしたように言った。

「わたしが好きでやっていることなんだから」

「ですが……」

「わたしはね、こうして誰かに何かをしてあげられることが嬉しいの。たとえちっぽけなことでも、誰かの役に立てるって素敵なことだと思わない？」

「そう、ですね。そう思って私は冒険者をやっていました」

俺が小声でつぶやくと、フィリア殿下は嬉しそうに微笑んだ。

「ソロンにはわたしと違って力があるもの。魔法剣士として、自分で自分の道を切り開いて、人を救う力がある」

そうだろうか。いつだって俺は力不足で、そのことを後悔してきた。

騎士団を追い出されたことも、かつて仲間の少女が死んでしまったことも、その他の無数の失敗も。

どれも俺が無力なせいで起きたことだ。

俺の内心とは無関係に、フィリア殿下が弾んだ声で言う。

「紅茶、入ったよ?」

皇女フィリアの淹れた紅茶はたしかに美味しかった。

カップに注がれた紅茶は、淡いオレンジ色だった。

軽い渋みのなかに、ほんのりと甘さがあって、香りも高い。

「さすが皇宮。高級な茶葉を使っていますね」

「わかるの?」

「はい。グレイ王国産の春摘みのものでしょう?」

俺の言葉にフィリア殿下は驚いた顔をした。

「すごい……。飲んだだけで本当にわかっちゃうんだ!」

「昔、少し勉強したんです。慣れれば誰にでもできることですよ」

騎士団の資金繰りのために、俺は貿易みたいなこともやっていた。

そして紅茶は帝国では最も需要のある貿易品の一つだ。

そういう経緯で、俺は紅茶に少しだけ詳しくなった。

だから、まあ、フィリア殿下が驚くほどすごいことではないのだけれど、こういった細々とした知識がたくさんあるのは、俺の強みといえば強みかもしれない。

「おいしい？」

「はい。とてもおいしいです」

フィリア殿下の問いかけに、俺が微笑んで肯定すると、殿下も嬉しそうに笑った。

俺とフィリア殿下は二人して紅茶をじっくり味わって飲み、それからカップを机の上に置いた。

同時に殿下が立ち上がった。

「今度こそ着替えてこなくちゃ。怒られちゃうもの」

「怒られるって誰にですか？」

俺が疑問の声を上げたときには、フィリア殿下は寝室の方へと引っ込んでいた。

一人残された俺はぼんやりと考え事をした。

寝室の方からは衣擦れの音がしてきて、フィリア殿下が着替えているということを意識させられる。

十四歳の女の子にやましい感情を抱いたりはしないけれど。

ちょっと無防備なんじゃないかなとも思う。

ルーシィ先生は言っていた。

殿下の美しさは可憐な百合の花にもたとえられ、殿下の聡明さは古の賢者にも匹敵するという素晴らしい方だ、と。
なるほど。
たしかにフィリア殿下は容姿端麗な美少女だ。そして、頭の回転も早い。
けれど、俺にとっては皇女の不思議な明るさのほうがずっと印象に残った。
天真爛漫《てんしんらんまん》で、魅力的で、でもどこか無理をしているような明るさ。
どうして殿下はああいうふうに振る舞うようになったんだろう？
考えがまとまらないうちに、ノックの音がした。
どうぞ入ってください、と俺が言っていいのかな？
俺がためらっているうちに、扉が静かに開けられた。
「殿下？　いらっしゃらないんですか？」
ひょこっと、一人のメイドが顔をのぞかせた。
着ているのはさっきまでフィリア殿下が着ていたのと同じメイド服。
けっこう美人だけど、ちょっとそばかすが目立つ女性だ。
相手の女性が俺を見て、おやという不思議そうな顔をしたので、俺は立ち上がった。
「はじめまして。俺は殿下の家庭教師だけど」
「へえ。新しい家庭教師の方ですか。気の毒に」
彼女はとても冷ややかに言った。
気の毒に？

どういう意味だろう？

そのメイドは続けて言った。

「殿下に伝えておいてくださいな。自分の侍女の管理ぐらいしっかりしてくださいと」

「なにかあったの？」

「ええ！　フィリア殿下付のメイドはですね、何をやらしても失敗ばかり。そのうえ、今度はどこに行ったかわからないんですよ！」

「はあ」

俺が曖昧《あいまい》にうなずくと、不機嫌そうにそのメイドは去っていった。

なんだか彼女はとても棘のある雰囲気だった。

皇女と皇女の専属メイド。そのどちらに対しても悪意を持っているように感じた。

もしあのメイドが二人に悪意を持っているとしたら、何が原因だろう？

考え込んでいたら、いつのまにかフィリア殿下が着替えを終えて、俺の横に立っていた。

「ごめんね？　ソロンに応対させちゃって。メイド服着たままあのメイドさんに会ったら、ものすっごく怒られちゃうし。あ、いまは着替えてきたよ？」

気づくと、殿下が着替えを終えて、俺の横に立っていた。

殿下は紺色のワンピースに身を包んでいた。

肩出しのシンプルなデザインだけれど、上質な素材が使われていることは明らかで、メイド服よりはずっと皇女らしい服装だ。

「どう？　ソロンはこの服、似合ってると思う？」

くるり、とフィリア殿下は身を翻してみせた。

ワンピースの裾がふわりと揺れる。

俺は微笑した。

「似合っていますよ。とてもお姫様らしい服装だと思います」

「そうかな」

えへへ、とフィリア殿下は笑った。

そのとき、扉の近くから音がした。

郵便受けに手紙かなにかが入れられたようだ。

広大な皇宮では、各部屋に郵便受けがついているのだと思い、俺はちょっと感心した。

俺はそこから手紙を回収すると、フィリア殿下に手渡した。

「殿下、お手紙みたいですよ」

「ありがと。あと殿下って呼び方、堅苦しいから、別の呼び方がいいな」

「別の呼び方、ですか」

「普通にフィリア、でいいよ」

「それはちょっと恐れ多い気がしますが……」

「いいのいいの。ね、フィリアって呼んでみて」

「フィリア様？」

「ダメだよ？　呼び捨てじゃないと」

「あー、えっと、フィリア？」

「そうそう。もう一回」

「……フィリア」

俺は顔を赤くしながら言った。

相手が皇女なのに呼び捨てというのは抵抗感がある。

でも、それだけじゃなくて、初対面の女の子の名前を何度も呼び捨てにするのが、単純にちょっと気恥ずかしいというのもある。

殿下は、いや、フィリアはとても嬉しそうに微笑んだ。

「わたし、名前を呼ばれるのって大好きなの」

「どうしてですか？」

「だって、誰もわたしの名前なんて、呼んでくれないし」

フィリアは笑顔のまま、そう言った。

俺は余計なことを聞いたな、と後悔した。

何の力もない皇女には、誰も近付こうとしない。

皇宮の誰もフィリアのことを必要としていないし、フィリアが頼るべき相手が誰もいないということだ。

皇族も臣下も彼女のことを無視してきた。

名前が呼ばれない、ということはフィリアの孤独の象徴なのだ。

俺は言った。

「やっぱり、呼び捨ては勘弁してください」

「わたしの名前を呼ぶの、嫌？」

少し不安そうに瞳を曇らせ、フィリアが俺に問いかける。

俺は微笑した。

「嫌ではないですけど、俺が恥ずかしいんですよ。フィリア様にはわからないかもしれませんけれど」

俺が「フィリア様」というのを聞くと、フィリアは目を丸くし、それから嬉しそうに微笑んだ。

「うん。仕方ないか。『フィリア様』って呼び方でも許してあげる」

「フィリア様のご配慮に感謝します」

俺がおどけて言うと、フィリアはくすくすっと笑った。

だが、急にフィリアは真剣な表情になった。

「この服はね、わたしの侍女が選んでくれたの」

「へえ。その人はいいセンスをしていますよ」

「うん。家事はできないし、頼りないけど、わたしにいろいろ教えてくれる、優しいメイドの子だよ。でも……」

その綺麗な瞳が憂いを帯びる。

「そのわたしのメイドは行方不明なの」

「行方不明？」

「もう三日前から、お仕事に来ていないの」

なるほど。さっきのそばかすのメイドは「何をやらせても失敗ばかり。そのうえ、今度はどこに行ったかわからない」と言っていた。

俺がそのことに触れると、フィリアは首を横に振った。

「たしかにあの子はメイドとしては要領が悪いけど、真面目な子だよ？　いきなり来なくなったりするなんて、そんなことといままでなかったもの」

「それは心配ですね」

「それにソロンがわたしの家庭教師としてやってくるって聞いて、すごく喜んでいたのに。その子、あなたの大ファンなの」

「本人に会ってがっかりしないといいですけど」

「がっかりなんてしないと思うよ？」

「どうでしょう」

そういえば、帝都に戻ってくる途中、「英雄ソロン」の大ファンだと言ってくれる女の子がいたっけ。

たしかその子も皇宮勤めのメイドで、名前はクラリスって言った。

そのときは俺は偽名を名乗っていたから、俺がソロンだとはその子は知らなかったけれど。

俺はクラリスの前で正体を隠したまま魔法剣士として山賊を倒した。そのときにクラリスが俺に向けたきらきらと輝く瞳を思い出す。

ああいう目で見つめられるのは、嬉しいけれど、少し気恥ずかしい。

一方で、フィリアはため息をついた。

「早くクラリスにもソロンと会わせてあげたいのに」

「へ？」

「あ、わたしの専属メイドはね、クラリスっていうの。亜麻色のとっても綺麗な髪をした、ちっちゃくて可愛い子だよ」

そうか。

フィリアのメイドがクラリスだったのか。

世間は狭い。

俺が経緯を説明すると、フィリアはちょっと驚いた後、楽しそうに笑った。

「すごい偶然！　運命の赤い糸ってやつだね！」

「けど、俺は偽名を名乗っていましたからね。ちょっと気まずいというか……」

「そんなこと、クラリスは気にしないと思うよ？　でも、ともかくクラリスが行方不明のままじゃ、ソロンのことも紹介できないよね」

「心あたりはないんですか？」

うーん、とフィリアは頭を抱えた。

一人しかいない専属メイドがいなければフィリアにとっては大問題だろう。

単純に、若い女性が三日間行方不明というのは穏やかじゃない。

家庭教師の業務の範囲ではないけれど、なんとかしてあげたいところだ。

けれど、手がかりがない。

「クラリスは住み込みのメイドだから、いきなりいなくなるなんて、普通ならありえないと思うの。実家は遠いし、帰るなら先に言ってくれるはずだし」

フィリアはそう言いながら、先ほど部屋に届いた手紙の封を切り――

凍りついたように表情を固まらせた。

フィリアは封を切った手紙の中身をこちらに見せた。

そこにはこう書かれていた。

「メイドのクラリスは預かった。その命が惜しければ、皇女フィリア一人で取り返しに来い」

その後に、クラリスが監禁されているという場所が書かれていた。

俺はしばらくそれを眺めた。

いわゆる脅迫状、というやつだ。

俺はこういう脅しは何度も経験したことがあるけれど、それは俺が冒険者だったからだ。

他の冒険者との諍《いさか》いとか、旅先の村人の揉め事に巻き込まれたりとか、そういうことは珍しくなかった。

けれど、同じような脅迫状を十四歳の皇女が受け取るというのはどう考えても、普通じゃない。

しかも、脅迫者はすでに皇女のメイドを捕らえているという。

「どうしてこんなことに……」

フィリアは小声でつぶやいた。

俺はそれに答えた。

「皇女一人で来い、ということは相手の狙いはフィリア様の身柄ということでしょう」

「うん。わたしを直接狙うのは難しいから、クラリスを代わりに人質にとったってことだよね」

「そのとおりだと思います」

「わたしのせいでクラリスが……危ない目にあっているってことだよね」

皇女は思いつめた顔をして言った。

敵がどんな人間かは知らないが、こうなった以上、クラリスが何の危害も加えられていない保証はない。

でも、どちらにしても、悪いのはフィリアではなく、クラリスをさらった人間だ。

俺はフィリアに尋ねた。

「フィリア様には自分が狙われる理由に、なにか心当たりはありますか?」

「あるよ。あるけど……」

フィリアの表情にさらに暗い影がさした。

話せない、ということだろう。

皇女にそんな後ろめたそうな顔をさせるのは、俺の本意じゃない。

俺は話を切り替えた。

「早いところ、皇宮の衛兵に相談してしまいましょう」

「でも、手紙の相手は、わたしが一人で来ないとダメだって言ってるよ?」

俺は首を横に振った。

そんな提案に乗ることはできない。

「フィリア様が一人で行っても、クラリスさんを助けられません。フィリア様もクラリスさんも、一緒に敵に捕まってしまうだけですよ」

「でも……衛兵を頼るのはダメ」

どうしてですか、と聞こうとして、俺は理由に思い当たった。

皇宮の住み込みのメイドを誘拐するなら、誰が有利か。

同じ宮廷のなかに入り込んでいる人間だ。

皇女の弱みになりうるほど、フィリアとクラリスが親しいということも、宮廷のなかの人間じゃないとわからないだろう。

そして、皇女であるフィリアの敵もまた、皇宮のなかの人間である可能性が高い。

フィリアは言った。

「この皇宮のなかにいる人はね、誰も信用できないの。誰が味方で、誰が敵なのか、わたしにはぜんぜんわかんない」

帝国公式のルートを使って、衛兵を動かせば、相手に筒抜けになる可能性が高い。

そのときには、相手は確実にクラリスの命を奪い、どこかへ逃げてしまうだろう。

皇女単身で来い、というのは意外と現実的な要求なのだ。

「フィリア様。誰か確実に信用できる人はいませんか？」

「わたしが信頼しているのはクラリスだけ」

しかし、そのクラリスはいない。

弱った。

以前なら、俺は聖ソフィア騎士団の帝都支部の人間たちを指揮して、事態に対処することもできた。

帝国勅許を得た騎士団は一定の警察権すらもっている。

けれど、俺は追放された身。

その手段は使えない。

俺の師匠のルーシィ先生を頼るというのも手かもしれない。

皇女とどの程度ルーシィ先生が親しいのかは知らないけれど、ともかくフィリアに俺を紹介した張本人でもある。

けれど。

思い出した。

ルーシィ先生は昨日から帝国南部へ調査に出張だ。

すぐに連絡をとるのは絶望的だった。

「どうしますか？　諦める、という選択肢もありますよ」

俺は静かに言った。

フィリアは皇女。クラリスはメイド。

立場があまりに違うし、皇女がただの侍女のために命をかける理由はない。

むしろ、クラリスのことを見捨てて当然だ。

でも、フィリアは首を横に振った。

「クラリスはね、わたしにとってはお姉さんみたいなものなの」

「クラリスさんのこと、大切なんですね」

「うん。ずっとそばにいて、わたしのことを気にかけてくれる。たった一人の大切な家族。でも……」

その唯一無二の大切な存在すら、いまの皇女の力では守ることはできない。

俺は言った。

「フィリア様は力がほしくて俺を家庭教師にしようとしたんですね」

「うん。わたしは無力な自分が嫌い」

「フィリア様は強くなれますよ。ですから、今日のところは俺にお任せください」

「え？」

結局のところ、フィリアとクラリスを助けられるのは、今、この場には俺しかいない。

敵が何者かも、フィリアが狙われている理由もわからない。

けれど、放っておくわけにはいかなかった。

「フィリア様。俺を信用できますか？」

「わたしはあなたを師匠とするって言ってるんだよ？　信用しないわけないよ」

「俺は今日会ったばかりの人間ですよ」

「でも、あなたは英雄の魔法剣士ソロンだから。それにクラリスを山賊から助けてくれたんだもの」

フィリアはためらいなく言い切った。

そして、すがるような瞳で、フィリアは俺を上目遣いに見た。

「ねえ、ソロンはわたしを、クラリスを救ってくれるの？」

フィリアもクラリスも、魔法剣士ソロンを尊敬していると言った。

それなら、その期待に俺は応える義務がある。

たとえ、俺が本当は尊敬に値する人間などではないとしても。

俺は言った。

「俺はフィリア様の臣下で、そして師匠となるんです。臣下は主君をお守りするものですし、師匠は弟子を導くものです。さあ、フィリア様、暗い顔をしないでください。クラリスさんもきっと同じことを言うはずです」

俺はそっとフィリアの肩に手をおいた。

フィリアは驚いた様子で俺を見上げ、それから少し顔を赤くした。

そして、ぎこちないながらも笑顔を浮かべた。

俺はうなずいた。

「さて、さっさとクラリスさんを助けに行きましょう。戦いの基本は『兵は拙速《せっそく》を尊《たっと》ぶ』です」

四話　魔法剣士が怖れるもの

夜闇に紛れて、俺と皇女フィリアは皇宮を抜け出した。

クラリスの監禁場所へと向かうためだ。

フィリアにとって、皇宮の外に出るのは滅多にないことらしい。

そのせいか、少し落ち着かない様子であたりをきょろきょろと見回していた。

フィリアはふたたびメイド服を身に着けていた。

身分を隠さなければ自由に外出できないからだけれど、皇女の銀色の綺麗な髪はやたらと目立ち、いつ正体がバレるんじゃないかとビクビクものだった。

もしバレれば、俺が皇女を皇宮から勝手に連れ出した誘拐犯だと誤解されかねない。

クラリスを助けるための非常事態とはいえ、ちょっと気が引ける。

帝都のハズレのあまり治安の良くない地区に足を踏み入れる。

「このあたりで別行動をとることにしましょう」

俺が言うと、フィリアは不安そうにうなずいた。

敵は皇女一人で来るようにと言っている。

だから、フィリア一人を交渉の席につかせ、俺はそれを隠れた場所から見る。

敵の戦力が把握できたとき、またはフィリアに危害が加えられそうになったとき、俺が飛び出して戦闘に参加。

そういう手はずになっている。

ついに指定された廃屋の前に来た。

いまは深夜二時。

あたりには誰もいない。

フィリアは交渉相手の指定した場所に立ち、俺は隣の建物の物陰に身をひそめている。

小さな足音がした。

「まさか本当に皇女殿下が自らいらっしゃるとは」

現れた女性は言った。

黒い地味な普通の服装に身を包んだ女性は、俺も見たことのある相手だった。

そばかすが特徴的な、わりと美人の女性。

今日の昼間に、クラリスがいないことを告げに来たメイドだ。

やはり内部の人間が実行者だったのだ。

「あの手紙を置いていったのはテオドラだったんだね」

フィリアは言った。

テオドラと、あの女性の名前は言うらしい。

「ええ。殿下が皇宮の衛兵に相談しにいけば、それを口実に殿下の周りを私の息のかかった衛兵が固める手はずでした」

「そうすれば、わたしを簡単に誘拐できるってことだね」

「でも、こうして殿下がここに来た以上は、そんな回りくどいことはしなくてすみます。殿下が家臣思いで助かりましたよ」

言葉とは裏腹にテオドラの声には嘲《あざけ》るような響きがあった。

フィリアは端正な顔を曇らせ、言う。

「クラリスは無事？」

「傷一つ負わせていませんよ。安心してください。私たちは悪党ではありませんもの。あの娘は駄目メイドですけれど、殿下と違って汚れた血が流れているわけではありません」

フィリアが怯えたように後ずさった。

汚れた血？

帝国でその言葉が意味するのは――

「皇女フィリア殿下。私は知っているんです」

「ダメ、言わないで、お願い……！」

「あなたは悪魔の娘だ」

俺は息を呑んだ。

悪魔。

遺跡に巣食う魔族と近い性質をもちながら、人間と同じ容姿を持つ存在。

彼ら彼女らは強大な力をもちながらも、人間から蔑まれ、奴隷にされ、迫害されてきた。

そして、彼ら彼女らは人間と子を作ることもできる。

「我らが皇帝陛下は本当に節操のない方ですね。悪魔の奴隷娘に手をつけ、孕《はら》ませてしまったのですから。その悪魔が殿下の本当の母親でしょう？　帝室は必死でそれを隠していますが、皇宮では知っている人も多いんですよ」

「わたしをどうするつもり……？」

「これを見てください」

テオドラは服の袖をめくった右腕を見せた。

彼女の右腕には禍々しい入れ墨が入れられていた。

俺は知っている。

その入れ墨は、人間至上主義の秘密結社「義人連合」の構成員の証だった。

義人連合の構成員たちはエルフ、獣人、そして悪魔といった人ならざる種族を憎み、彼らの抹殺を目的としている非合法団体だ。

テオドラは言う。

「私はですね、どうしても許せないんです。悪魔は人類の敵である魔族の仲間。それが平気な顔をして人間のふりをしているわけですよ。そんなのがそこらじゅうで人間と子どもを作り、挙句の果てに皇族にも紛れ込んでいるなんて、おぞましいことです」

「わたしのことを殺したいなら、なんでこんな面倒なことをするの？」

フィリアの言うとおりだ。

危険を犯してここに呼び出すよりも、宮廷にいるときに毒殺するという手もあったはずだ。

けれど、テオドラはにやりと笑みを浮かべた。

「いいえ。殿下には生きていていただかなければなりません。皇女殿下が悪魔の娘だと世間に公表すれば、悪魔に対する危機感は確実に高まります」

「その証拠としてわたしを生かして捕らえるの？」

「ええ。そして、役目を果たした後はなるべく残酷な方法でいたぶって殺してあげます。世間への良い見せしめになることでしょう」

テオドラは愉しげに言った。

フィリアとテオドラが対峙しているあいだ、俺は何もしていなかったわけじゃない。

近くにいる敵の仲間の人数を探っていた。

気配からして五人程度。

索敵魔法も同様の答えを出している。

皇女を誘拐するという陰謀にあまり大勢を加えると発覚の危険性が高くなる。

それに皇女がここに来る可能性をテオドラたちは高く見ていなかった以上、大勢の人数を割く必要がない。

五人というのは、その意味でも妥当な数字だ。

俺は深呼吸をした。

そろそろ頃合いだ。剣を抜いて構えに入る。

「さて、殿下。少し眠っていてくださいな」

テオドラがそう言って小型の杖を懐から取り出したのとほぼ同時に俺は飛び出した。

俺がテオドラに向けて剣を振り下ろすと、テオドラはさっと身をかわし、短剣を抜いた。

ただのメイドの動きじゃない。

おそらくもともと秘密結社の工作員が皇宮にメイドとして紛れ込んでいたということなんだろう。

左右からテオドラの仲間の男たちが剣を振りかざしてこちらに向かってくる。

けれど遅いうえにただの力任せの攻撃だ。

俺がさっと後退すると、左右別方向からやってきた敵の男二人はお互いを攻撃しそうになりかけ、慌てて身をひこうとした。

その瞬間に俺は右の敵の剣を叩き落とすと、そいつの側頭部に剣を叩き込んだ。

殺してはいない。峰《みね》打ちだ。

ほぼ同時に左からの敵には魔法をかけて眠ってもらった。

詠唱なしでほぼ一瞬でそれなりの魔法が使えるのは、宝剣テトラコルドの力だ。

残念なことに、俺自身の才能じゃない。

俺はフィリアの前に回り込み、テオドラを見据えた。

「これで一対三になったな。どうする、テオドラさん？」

「あなたは昼間の家庭教師……？」

「ああ。魔法剣士ソロンとも言うけれど」

テオドラの後ろに移動していた彼女の仲間二人が息を呑む。

強いという評判は役に立つ。

魔法剣士ソロンは最強の冒険者の一人ということになっている。

実際には評判倒れだとしても、敵を畏怖させ、戦意を失わせられるかもしれない。

テオドラが忌々しげに吐き捨てる。

「なんだって聖ソフィア騎士団の副団長がこんなところにいるわけ？」

「俺がフィリア様の家庭教師になったからさ」

俺は微笑して答えた。

「騒ぎになっても面倒だよね？　ここらで手打ちにしないかい？」

「手打ち……？」

「フィリア様とクラリスさんは返してもらう。俺は君たちが逃げるのを黙認する。どう？」

正直言って、フィリアの安全を確保しながら戦うのはけっこう怖い。

自分一人ならともかく、無力な人間を守るのはかなり難しい。

だったら、戦わないのが一番安全だ。

向こうにとっても、想定外の事態が起きた以上、一度撤退するのが合理的な判断だと思う。

しかし、テオドラは冷静さを失っていたようだった。

「悪魔の娘に魔族討伐の英雄ソロンが味方するなんて、そんな背徳、私たちが見逃すと思いますか？」

「交渉決裂ということかな」

「悪魔の味方をした魔法剣士ソロンは死ぬ。そして私たちは悪魔の娘、皇女フィリアを見せしめとして捕まえる。そういう筋書きしか、私たちは望みません」

戦闘はやむなし、ということみたいだった。

テオドラはさっき倒した男二人よりも強そうだったし、そのテオドラを後ろ二人の魔術師がサポートするのだろう。

しかも、皇宮勤めのメイドを殺すわけにはいかない。

テオドラは生きて捕まえて、クラリス誘拐の犯人として突き出す必要がある。

俺は振り返らずに、背後のフィリアに話しかけた。

「怖いと思いますけど、じっとしててくださいね」

「子ども扱いしないで。怖くなんてないもの」

「俺は昔も今も戦いのときは怖いですよ。死ぬかもしれないんですから」

そう言うと、フィリアが息を呑む音がした。

そして、フィリアはつぶやいた。

「ごめんね、ソロン。わたしは悪魔の娘だって黙ってた」

「どちらにしても、フィリア様が俺の弟子だってことに変わりはありませんよ」

「ありがとう。ソロン、わたしに……勝利を」

「師匠としてお手本にならなければなりませんね。必ずやフィリア様に勝利をもたらし、望む結末をお見せしましょう」

俺は宝剣テトラコルドを構えた。

一方のテオドラも後ろの二人にチラりと目配せをした。

戦闘開始の合図だろう。

テオドラの後ろに控える魔術師たちが攻撃魔法を放った。

紅蓮に燃え盛る火の波がこちらに襲いかかってくる。

このままではフィリアも危ないけれど、慌てる必要はない。

俺は宝剣を一閃させ、一歩前へと踏み込んだ。

俺が剣を振るうのと同時に、周りの炎が消えていく。

魔術師たちは驚愕の表情を浮かべた。

俺は魔術師の片方との間合いを詰め、彼の喉元を剣の柄で突いた。

ぐえ、と苦しげな音を立て、その魔術師は崩れ落ちた。

魔法剣士の最大の特長は一人で防御と攻撃を同時にできることだ。

宝剣テトラコルドを振りかざして敵の魔法を払い、そしてそのまま敵に切り込んでいく。

それが俺の戦闘のスタイルだった。

こうやって、昔はそれほど強くなかった聖女ソフィアと聖騎士クレオンを守りながら戦っていたんだ。

くるりと剣を反転させ、もうひとりの魔術師には炎魔法をお見舞いする。

彼の身体の周りは青白い炎がまとわりついていた。

魔術師が燃える自分の服を見て絶叫する。

「ぎゃあああ！」

「大丈夫。死ぬほどの威力じゃないさ」

俺はつぶやくと、魔術師の男の腹にすばやく蹴りを入れた。

ぐふっと、口から変な音を立てて、魔術師は気を失った。

残るは一人。

短剣を握ったテオドラだけだ。

テオドラは顔を真っ青にして、それでもこちらをまっすぐに睨んだ。

仲間が四人倒されて、最後は自分だけになっても抵抗の意思を失わないのか。

大したものだとは思うけど、正直言って、さっさと降参してほしい。

「もうやめにしない？　君たちが死なないように手加減しながら戦うのって、けっこう疲れるんだよ」

テオドラは怯えたように後ずさった。

「これで、これで手加減しているの!?」

「殺すつもりで戦えば、もうとっくにテオドラさんは死んでいるよ」

俺はなるべく冷淡に言った。

テオドラが戦意喪失するまであと一歩。あと一押しのはずだ。

けれど、テオドラは急に笑みを浮かべた。

「どうせ勝てないなら、私も手段を選んではいられませんね」

「どういう意味？」

「こういうことですよ！」

テオドラはすばやく短剣を投げ放った。

綺麗な弧を描いた凶器はまっすぐにフィリアの方へと飛んでいく。

「ソロン！」

フィリアが悲鳴をあげると同時に、俺は剣を振るい、短剣を叩き落とした。

しかし、次の瞬間、テオドラが二本目の短剣を握ってこちらに飛び込んでくる。

「フィリア殿下は生け捕りにしておく予定でしたが……こうなった以上、ここで死んでいただきます！」

テオドラは叫ぶと、短剣をフィリアへと向けて突き出した。

俺はフィリアの正面に立ち、短剣を剣で受け止めた。

そのまま短剣を弾き返す。

テオドラの狙いは外れた。もうフィリアを殺すのは不可能だ。

テオドラは悔しそうな顔をして、一歩下がって逃げ出そうとする。

俺はそれを追い、剣を一閃させた。

テオドラは短剣で俺の攻撃を受け止めようとしたが、失敗した。

宝剣テトラコルドの斬撃を支えきれず、短剣は砕け散ったのだ。

「終わりだ」

俺は短く言うと、テオドラに魔法をかけた。

テオドラは意識を失ってその場に倒れた。

簡単な昏睡魔術だ。しばらくは目を覚まさないだろう。

ほっとした俺は剣を鞘にしまった。

それから後ろを振り返る。

フィリアは泣きそうな顔でこちらを見つめていた。

俺はにこりと微笑む。

「ご無事ですか、フィリア様？」

「う、うん。平気だよ。ソロンのおかげだね」

「怖くありませんでしたか？」

「怖かった。すっごく怖かったよ」

小さな身体を震わせて、フィリアは言った。

万に一つもフィリアには危害が及ばないように配慮していたし、テオドラが短剣を投げたときだって、俺の目線では何の不安もなく攻撃を防げていた。

けれど、フィリアにとっては違ったはずだ。

殺意を持った相手が、自分を狙ってくる。

目の前に人を殺すための凶器が迫る。

それを目にするのは、十四歳の女の子にとっては、とてつもなく恐ろしかったはずだ。

「でも、もう大丈夫です」

「うん。ソロンがわたしを守ってくれたおかげだね」

フィリアは深呼吸をすると、やがて落ち着いたのか、柔らかく微笑んだ。

「わたしはね……ソロンみたいになりたい」

フィリアはそう言うと、ゆっくりと俺に近づき、そして抱きついた。

ぎょっとした俺は慌ててフィリアを押し留めようとしたが、それより先にフィリアの小さな手が俺の背中に回る。

フィリアはぎゅっと俺を抱きしめたまま、頬を赤く染めて、上目遣いに俺を見た。

「ありがとうね。ソロン」

「ええと、どういたしまして」

困惑する俺を見て、フィリアは顔を赤くしたまま、くすくすっと笑った。

「こんなところ、クラリスに見られたら、『はしたない』って怒られちゃう」

「あー、フィリア様。非常に言いにくいのですが、クラリスさんになら見られていますよ」

「え？」

俺はフィリアの後ろを指差した。

メイド服の少女がそこには立っていた。

亜麻色の短髪をした、小動物っぽい雰囲気の子だ。

メイドのクラリスだ。

クラリスは顔を真っ赤にして、そしてつぶやいた。

「フィリア様、それにソロン様。大胆ですね！」

†

ともかく、俺とフィリアとクラリスは無事に皇宮に戻ってきた。

皇女を誘拐しようとしたテオドラたちは、犯罪者として逮捕された。

テオドラの背後にいた秘密結社「義人連合」に関与していた衛兵たちも、一斉に摘発されている。

それは決して少なくない人数だったけれど、事件は秘密裏に処理された。

皇女が悪魔の娘だという秘密をもらさないためだった。

それより重要なことは、テオドラが言っていたとおり、クラリスに危害はまったく加えられていなかったということだ。

誘拐された直後にクラリスが殺されていたなんてことだったら、いくら俺が頑張っても救いようがない。

でも実際には、戦いの始まる前に、縄で縛られて放置されていたクラリスをひそかに解放しておくことができた。

クラリスは事件のショックでふさぎ込んでいる……かといえば、そんなことはなかった。

それどころか、クラリスはやたらと元気いっぱいだった。

「ソ、ロ、ン様！　紅茶、飲みますか？」

メイド服のクラリスが楽しそうに俺に問いかける。

ここは皇宮のなかの一室。

皇女フィリアの私室だ。

いまは事件発生の翌日で、俺たちは事情を役人たちに説明した後、クタクタになってこの部屋に戻ってきた。

もう夜も遅く、疲れたのかフィリアは奥の部屋で眠ってしまっている。

だから、今は俺とクラリス以外に人はいない。

「いや、いまは紅茶はそんなに飲みたくないから大丈夫だよ」

「遠慮しなくていいんですよ！　命の恩人にはなにかご奉仕をしないと！」

「実はついさっきフィリア様に淹れていただいたんだよ」

「あー、そういうことですかー」

残念そうにクラリスが言う。

クラリスは、うーん、どうしようかなー、とつぶやいている。

なんというか、クラリスは俺に構いたくて仕方ないらしい。

以前会ったとき、クラリスは魔法剣士ソロンを憧れの存在だと言った。

そのとき俺はダビドという偽名を名乗っていたけれど、いまは違う。

魔法剣士ソロンとして俺はクラリスの前にいるのだ。

「はじめて会ったときもすごい人だって思いましたけど、まさか本当のソロン様だったなんて、夢みたいです」

「あのときは嘘の名前を名乗って悪かったよ」

「そんなこと気にしませんよ。会えて嬉しいです！」

そう言いながら、クラリスが俺の足元を見ておやっという顔をした。

そして目をきらきらさせた。

「あっ、ソロン様ったら、靴が汚れていますね」

「そうでもないと思うけど……」

「磨いて差し上げます！」

俺の返事も待たずに、クラリスは道具を持って俺の前にかがんだ。

履いたままの俺の革靴を磨くつもりらしい。

目の前に女の子がひざまずいて、俺の靴を磨いてくれるというのは、ちょっと気恥ずかしい。

と思ったけれど、クラリスが手に持っている道具を見て、俺はそっちのほうが気になった。

「えっと、クラリスさん。それ、豚毛のブラシじゃない？」

「豚の毛？　そうなんですか？　ともかく、靴磨きの道具ですよね？」

「靴磨きってさ、最初にホコリを落とすときは馬毛のブラシを使うんだよ。そっちに置いてあるやつ」

クラリスは慌ててもうひとつのブラシを手にとった。

俺はそれを見てから、言う。

「馬毛のブラシのほうが毛先が細いから、靴を傷つけずにホコリを落とせる。で、布を使って汚れも落として、その後で、豚毛のブラシとクリームを使って靴を磨く。そうするとうまく磨けるよ」

そこまで言ってから、俺は慌てて付け加えた。

「磨いてもらう立場で、注文をつけているみたいで、なんか悪いけど」

クラリスは頬を赤く染めて俺を見上げた。

「ソロン様ってなんでも知っているんですね！」

「いや、そんなに大したことではないと思うけど……」

メイドのクラリスは知っているべきことのような気もしなくもない。

まあ、クレオンやソフィアみたいな貴族出身の人間なら知らない情報だとは思う。

俺がこういう些細な生活テクニックを知っているのは、俺が平民出身だからだ。

クラリスは馬毛のブラシを使って俺の靴の汚れを落とし始めた。

「ソロン様も、あたしと同じで使用人だったんですよね」

「そうだよ。俺は帝国のはじっこの公爵家の執事の息子だった。その公爵家が俺を魔法学校に入れてくれたんだけどね」

公爵は親切な人物で、俺が魔法に興味があると知り、またそれなりに勉強ができることも見込んで、学資を全部出してくれた。

それは幼なじみの公爵令嬢が後押ししてくれたおかげでもある。

学資は数十倍にして返したけれど、二年近く実家には顔を見せていないから、そのうち二人には会いに行かないといけないな、と思う。

クラリスは言った。

「そして、今では帝国最強の魔法剣士となったってわけですね」

「まあ、騎士団は追い出されちゃったけどね」

「でも、そのおかげでフィリア様の家庭教師になってくれて、あたしのことも助けてくれました」

言い終わってから、クラリスははっとした顔をして、手で口を押さえた。

「ご、ごめんなさい。ソロン様が追い出されたほうが良かったみたいな、なんか無神経な言い方ですよね」

「べつに気にしないけどさ、クラリスさんは『聖ソフィア騎士団の副団長』である俺を尊敬しているって言っていたよね。なら、実力不足で騎士団を追い出されたんだから、今の俺を見て失望したりしない？」

クラリスは首を横に振って、明るく微笑んで言った。

「ソロン様が戦っている姿を見たら、実力不足で追放されたなんて信じられません。あんなに強いんですから。周りの人たちに妬まれて追い出されただけなんじゃないですか？」

「それは違うよ。俺の力が足りないのは事実だ」

「そういう謙虚なところも素敵です！」

「えっと、謙遜《けんそん》じゃなくてね……」

残念だけど、俺の戦闘能力が騎士団の役に立たなかったのは本当だと思う。

クレオンやアルテの言っていたことは正しい。

俺は器用貧乏だ。

一人で戦うならともかく、騎士団のなかで役割分担して戦うには、ずば抜けた能力が必要だけど、俺にはそれがない。

でも、クラリスは俺の内心とは無関係に言った。

「ともかく、ソロン様はあたしを二度も助けてくれた命の恩人です。たとえ、騎士団の人たちがソロン様を必要ないって言っても関係ありません。あたしやフィリア様はソロン様を必要としているんですから！　ね？」

クラリスは上目遣いに俺を見つめた。

いずれにしても、俺はフィリアの家庭教師だ。そうである以上、フィリア専属の唯一のメイドであるクラリスは俺の同僚ってことになる。

その同僚が俺をこれだけ歓迎してくれているんだ。

嬉しく思うべきことだろうし、実際に嬉しい。

俺は俺の靴を磨いてくれてるクラリスに言った。

「クラリスさん。ありがとう。これからよろしく」

「はい。こちらこそ！」

五話　皇女のために口づけを

「まさか、俺が皇宮のなかに住む日が来るとは思いませんでした」

俺は自分の新しい住み家を見て、つぶやいた。

ここは皇宮のなかの一室。

皇女フィリアの部屋の隣だ。

フィリアは言う。

「メイドさんたちだって、皇宮のなかにある部屋で寝てるよ？」

「まあ、それはそうですが」

けれど、クラリスたちが使っているのは使用人居住エリアの部屋だ。

一方の俺の部屋は、いくら皇宮の片隅とはいっても、皇女の隣の部屋だ。

つまり貴人用の部屋であることに間違いない。

そんなところを俺が使えるのは、理由があった。

一つの理由は、こないだのクラリス誘拐事件のようなことがまた起きるという可能性だ。

今度はもっと直接的に敵はフィリアの命を狙ってくるかもしれない。

悪魔の娘であるフィリアを敵視するものは他にいてもおかしくないからだ。

皇宮の衛兵隊はフィリアの警護に消極的で、あまり人員を割きたくないようだった。

そうすると、俺がフィリアのそばにいて彼女を守るのが一番良い。

そもそもルーシィ先生が俺をフィリアの家庭教師にしたのも、フィリアの警護をさせるためかもしれない。

ルーシィ先生は理由はわからないけれど、フィリアにそれなりに肩入れしているようでもあった。

ルーシィ先生もまた大貴族の娘で、彼女の推薦があったということも、俺が皇宮の部屋を借りられた理由の一つだった。

そして、もうひとつ理由がある。

フィリアの強い希望だ。

「わたしの近くにソロンがいてくれたら、とても嬉しいなって思ったの」

「たしかに警備上はそれが望ましいとは思いますが」

「ううん。そういうことじゃなくて、師匠と弟子は一緒に住むものなんでしょう？」

「まあ、そういう場合もありますが」

絶対、というわけではない。

魔術の師匠と魔術の弟子といっても、帝立魔法学校のような教育機関では、住み込みの弟子という形をとらず、学生寮に住んだままの生徒も多い。

フィリアは首をかしげた。

「うーん、わたしのわがまま、だったかな？」

「フィリア様がそうしたいというのでしたら、俺は喜んで従いますよ」

俺はにこにこしながら言った。

まあ、本当に同じ部屋に一緒に住むという感じだったら、相手は年頃の女の子だし、いろいろと困るけれど、そういうわけじゃない。

あくまで隣の部屋。

それだったら、そんなに困ることはない。

さすが皇宮というべきか、けっこう快適そうな部屋だし。

なんだかやたら広々としていて、ベッドが二つあるのがちょっと不思議だけれど、たまたま二人部屋だったのが余っていたんだろうな。

と思っていたら、フィリアはくすっと笑った。

「じゃあ、そっちがソロンのベッドで、こっちがわたしのベッドね」

「へ？」

俺は唖然として、まじまじと皇女フィリアを見つめた。

二つあるベッドのうち片方を俺が使うのはいいとして、なぜもう一方をフィリアが使うのか。

フィリアは言った。

「言ったでしょ？　一緒に住むって」

「で、でも、フィリア様の部屋は隣では？」

「だって、あっちは一人部屋だよ？　だから、こっちの二人部屋をソロンと一緒に使うことにしたの」

勘違い、というのは恐ろしい。

俺はあくまでフィリアの部屋の隣の余っている部屋を借りるというだけの話だと思っていた。

けれど、文字通り、フィリアは俺と一緒に住むつもりだったんだ。

俺は頭を抱えた。

「さすがに同じ部屋っていうのはまずいですよ」

「どうして？」

「俺は男。フィリア様は女性。倫理的に問題があります。だいたいフィリア様だって男と一緒の部屋なんて嫌でしょう？」

「わたしはソロンとならかまわないよ？」

「ええ、いや、そう仰っていただけるのは嬉しいんですけどね……」

フィリアが良いと言っているから良い、という話じゃない。

俺が困るんだ。

悩む俺にフィリアが上目遣いに問いかける。

「ソロンはわたしと一緒の部屋なのは嫌？」

「嫌ではないですよ」

「なら、何も問題ないよね？」

そうなのかもしれない。

フィリアが良いといっているんだから、良いのではという気がしてきた。

それに、衛兵が当てにならない以上、フィリアの安全を第一に考えるのであれば、片時も離れずフィリアの側にいたほうが良いのもたしかだ。

「どう？」

フィリアが瞳をきらきらと輝かせて俺に尋ねる。

俺はフィリアの提案に同意しかけた。

しかし、そのとき、扉をノックする音が聞こえた。

フィリアが「いいところだったのに」と残念そうにつぶやき、それから「どうぞ」と返事をする。

やってきたのはクラリスかな、と思っていた俺の予想は裏切られた。

そこに立っていたのは、鎧を着た厳格そうな中年男性だった。

「勝手なことをなされては困りますな、殿下」

渋い顔でそう言った男の名前はギランという。

皇宮衛兵隊の副隊長だ。

ギランは部屋を見回し、呆れたように言った。

「殿下。このような素性の知れぬ男と同じ部屋で寝るなど正気の沙汰《さた》とは思えませんぞ」

「ソロンは信頼できる人だよ」

とフィリアはきっぱりと言った。

「それに公爵家と帝立魔法学校教授の身元保証があるもの」

「しかし貴族ではありません」

ギランは冷たく言った。

彼は大貴族の出身で、しかもその家系は帝国で最も古い高貴な一族だという。おまけに母親は皇族でもある。

そういう人間でもなければ、格式と伝統を重んずる皇宮衛兵隊の副隊長になることなどできないんだろう。

貴族といってもいろいろで、貴族であることを鼻にかけない人もいれば、逆に自身が貴族であることを強烈に意識するやつもいる。

貴族であるから傲慢《ごうまん》になるものもいれば、貴族であるため自身には民衆を救う崇高な義務があると考える者もいる。

そして、俺の見たところ、ギランは良くも悪くも貴族意識の強い人間で、貴族と平民の違いに敏感だった。

ギランは言う。

「だいたい、そのソロンという男、もといた騎士団を追い出されたとか。無能だったということでしょう」

「ソロンは役立たずなんかじゃないよ」

「では素行に問題があったのかもしれませんな。金に汚く、女にだらしなかったのでしょう。平民の成り上がり者は強欲なものです」

「それ以上、ソロンのことを悪く言うなら――」

そう言いかけたフィリアの言葉をギランは遮った。

「殿下も気をつけなさったほうがいい。下賤《げせん》の者に犯されて、子を孕みたいのであれば別ですが」

一瞬、フィリアは何を言われているかわからなかったのか、固まった。

次の瞬間、顔を真っ赤にした。

俺のことを悪く言うのはいい。

けれど、いくらなんでも、ギランの態度は皇女に対して無礼にすぎる。

悪魔の娘であるフィリアのことも快く思っていないのかもしれないが、ともかく節度というものがある。

「そのへんにしておいたらどうかな、副隊長殿」

と俺は言い、ギランはそれに応じた。

「君の指図を受ける理由はない」

「しかしフィリア様のお心を悩ますのを、黙って見ているわけにはいかないね」

「そういう君こそ、でしゃばりすぎだとは思わんかね？　たしかにこのあいだの事件を解決したのは君の手柄かもしれん。だが、それを鼻にかけてもらっては困る。皇宮を守るのは我々衛兵隊だ」

「衛兵に相談してすむんだったら、最初からそうしていたよ」

「我々衛兵のなかに裏切り者がいたことは認める」

「だったらさ、俺が衛兵にメイドの誘拐事件を相談できなかった理由も、わかるよね？」

「理解はできる。が、同意はできんね。繰り返すが、皇宮のなかの治安を維持するのは、我々衛兵の仕事だ。聖ソフィア騎士団だとか、英雄ソロンだとか、そういう奴らは呼んでいない」

「俺だって、あなたたちの仕事を奪おうってつもりじゃない。非常事態だったんだ」

「非常事態だから仕方がない、と言えば聞こえはいいが、もし失敗したら君はどうやって責任を取るつもりだったんだ？」

「失敗するつもりはなかったさ」

「大した自信だな。しかし、魔法剣士などと名乗っているが、要するに剣技にも自信がなければ、魔法にも自信がないから、小手先の技術を弄《ろう》して戦う奴らだろう？」

ギランの言うことはたしかに一面の真理だ。

俺たち魔法剣士は複数のスキルを組み合わせて戦っているけれど、逆に言えばどのスキルも中途半端ということになりかねない。

けれど。

「そんなことない！　剣の腕だって、ソロンのほうがあなたなんかよりずっと上なんだから！」

とフィリアが力強く言った。

「ほう」

ギランが顔をゆがめた。

プライドの高そうな彼のことだ。

皇女に俺より下に見られて、愉快ではないだろう。

「精鋭ぞろいの皇宮衛兵隊のなかでも、副隊長に選ばれた私より、この男のほうが強いと仰るか。

なら、試してみよう」

「試す？」

「そこにある銅の剣をとれ。私の分と君の分で二本だ。これで決闘する。魔法だの宝剣だの、そういったものを使うのはなしだ」

「皇女の御前だ。決闘なんてできるわけない」

と俺が言うと、フィリアが首を横に振った。

そして、フィリアはギランを強く睨んだ。

「わたしは賛成だよ。その代わり、ソロンが勝ったら、わたしがソロンのそばにいることに文句は言わない？」

「そうしましょう。逆に私が勝ったら、この男には皇宮から出てってもらいます」

俺を置き去りにフィリアとギランの二人は話を決めてしまった。

弱ったな、と俺は思う。

できれば決闘なんて面倒なことは避けたかった。

けれど、フィリアがやれというなら仕方ない。

「どうした、怖気づいたかね？　帝国最強の騎士団の副団長だかなんだか知らないが、所詮、我々衛兵隊にはかなわないということかね」

ギランは嘲るように言った。

俺は黙って、部屋の隅にある安物の銅の剣を手に取った。

そして、それを構えてフィリアを振り返った。

「戦え、とフィリア様は仰るんですね」

「うん。それがわたしの望みだから」

そう言うと、フィリアは俺にそっと近づき、美しい刺繍《ししゅう》の入った青色のハンカチを渡した。

それは決闘のときの伝統的な作法だった。

このハンカチは、俺がフィリアのために戦い、また、フィリアが俺の勝利を願っているという証だ。

フィリアは上目遣いに俺を見上げて、綺麗に透き通った声で言った。

「ソロン、わたしに勝利を！」

俺はフィリアにうなずくと、ギランとともに廊下に出た。

さすがに部屋のなかだと備品を壊しかねない。

幸い、この廊下はかなりの広さがあり、しかも皇宮の奥にあるから通りかかる人はほとんどいない。

ギランは敵意のこもった眼差しでこちらを睨み、剣をまっすぐと俺に向けた。

「君が目の前で惨めに敗れれば、皇女殿下も目を覚まされるだろう。それ以前に、下手を打てば君は死んでしまうかもしれん。これは決闘だからな」

「わかっているよ」

俺はうなずいた。

そう。

これは決闘だ。

俺たちの持っている剣は人殺しの道具だ。

もちろん、どちらかが降参と叫べば、その時点で勝負は終わる。

けれど、真剣で切り合えば、降伏を宣言する前に死んでしまってもおかしくない。

フィリアが不安そうに俺を見た。

俺はにこりと微笑んだ。

「私が負けてしまうのが心配ですか？」

「ううん。ソロンが負けてしまうなんて考えないけど、でも、もしソロンが怪我をしたら嫌だなって……思うの」

フィリアはその場の勢いで俺とギランの決闘を認めたけれど、今になって心配になってきたみたいだ。

気遣ってくれるのは嬉しいけど、もう遅い。

火蓋は切られたんだから。

俺自身も若干の不安があった。

戦いは常に恐怖と緊張感を強いられるけれど、今回に関して言えば、全力を出せば問題なく勝てる自信はある。

それに自分が傷を受けるとも思わない。

けれど、ただ勝つだけではダメだ。

ギランを死なせたり、彼に重傷を負わせたりせずに勝たなければならない。

皇女が合法的に認めた決闘だといっても、皇宮衛兵隊の副隊長を殺したなんてことになれば、俺は皇宮にはいられなくなる。

法律上の問題がなくても、衛兵隊や貴族たちが俺のことを許さないだろう。

大丈夫だ、と俺は自分に言い聞かせた。

ギランを殺さずに勝てる方法はある。

俺は言った。

「フィリア様。どうか不安に思わないでください。必ずやフィリア様の望み通りの勝利をお見せしましょう」

フィリアがうなずいたのを見てから、俺は敵を正面に見据えた。

俺もギランも安物の銅の剣を構えた。

「いざ、尋常に勝負！」

「受けて立とう」

ギランの叫びに俺は静かに応じた。

決闘の開始だ。

まっすぐに間合いを詰めてきたギランが、剣を振り下ろす。

俺は一歩後ろに下がりながら、剣を受けた。

最初は防御に徹する。

それが今回の戦いの方針だ。

敵が二撃目を繰り出すのを見ながら、さらに一歩後退する。

「どうした？　本当に怖気づいたのか！」

ギランが強力な剣撃とともに、大声を張り上げて俺に問いかける。

なるほど。

たしかにギランの剣術は優れている。

さすがは皇宮衛兵隊の副隊長だ。

一歩間違えば、俺の身体は一刀両断され、あの世行きは間違いないと思う。

けれど、問題はない。

あまりフィリアを不安に思わせてもいけない。

そろそろ反撃だ。

俺はギランの四撃目の剣を受け、その次に大きく後ろに飛び退《すさ》った。

ギランはこれまで通り俺が受けに徹すると思っていたらしく、次の斬撃を早く振り下ろしすぎ、その剣は一瞬、空を舞った。

「な……!?」

ギランは焦りながらもすぐに態勢を立て直した。

さすがの対応の速さだが、それでもわずかにギランの剣撃にほころびが出る。

次の瞬間、俺は大きく前へと踏み込み、右から斬撃を放った。

ギランはそれをどうにか剣で受け止める。

二本の剣が交わり、激しく火花が散った。

俺はさらに前進して、次の一撃に全力をかけた。

ギランが俺の胴を狙ってきたが、こちらの剣撃のほうが速い。

俺の剣がギランの剣を捉える。

「終わりだ……！」

俺のつぶやきとともに、ギランの剣は弾かれ、彼の手から剣が落ちた。

そのまま俺は剣の切っ先をギランの喉元に向ける。

「降参するかい？　副隊長殿？」

「……降参などするものか。このような不名誉を受けて生きてなどおれん。私を殺せばいいだろう」

「副隊長殿の使命はこの皇宮を守ることだよね？　使命を放棄して、俺みたいなやつに殺されるのは本意じゃないはずだ」

俺が諭すように言うと、ギランはがっくりとうなだれた。

そして、その場に膝をついて、「降参だ」と小さく言った。

ギランは皇女に約束したとおり、俺がフィリアのそばにいることを認めなければならなくなった。

俺は剣を鞘にしまい、それからギランの使っていた剣も拾い上げた。

戦いは終わり、この二本の物騒な道具は必要なくなったのだ。

振り返ると、フィリアが飛び跳ねるようにこちらへと近づいてきた。

そして、弾んだ声で言う。

「勝ったね、ソロン！」

「はい。フィリア様のお守りのおかげです」

俺は微笑すると、フィリアから預かった青いハンカチを返した。

フィリアはそれを丁寧に受け取り、それから俺に向けて右手を差し出した。

どういう意味だろう？

俺がフィリアの目を見ると、フィリアは柔らかく微笑んだ。

「女の子を守る騎士は、守った相手の甲にキスをする。そうだよね？」

そういえば、それも伝統的な決闘の作法だ。

俺がフィリアのために戦ったということを示す儀式みたいなものだ。

必ずしもやらなくていいとは思うのだけれど、フィリアはこういう騎士道的なやり取りに憧れがあるのかもしれない。

俺は一瞬ためらってから、膝をつき、フィリアに対してうやうやしく頭をたれた。

それから、フィリアの白く小さな手を見つめた。

ただの作法だとわかっていても、ちょっと恥ずかしい。

俺は覚悟を決めて、フィリアの手に口づけをした。柔らかい感触がする。

しばらくして顔を上げると、フィリアが顔を赤くしながら、でも嬉しそうに笑った。

「これからもわたしのそばにいてね、ソロン」

幕間　賢者アルテに言わせれば

聖ソフィア騎士団で攻撃魔法を担当する少女、女賢者アルテは追い詰められていた。

アルテは自分のことを有能だと思っていた。そして、聖女ソフィアと聖騎士クレオンという例外を除けば、自分より強い冒険者なんて存在しないとすら思っていた。

実際、帝立魔法学校は首席で卒業したし、聖ソフィア騎士団でも攻撃魔法の天才としてあっという間に幹部になった。

ついでにアルテは美少女でもある。これは自惚《うぬぼ》れではなく、客観的事実だった。

アルテみたいな黒髪黒眼の少女は帝国では珍しく、不思議な雰囲気の美人として帝都ではけっこう騒がれた。

アルテは美貌のせいで周りの女性からはだいぶ妬まれたし、どうでもいい男からたくさん告白されたが、そんなことはどうでもよかった。

ただ、あの素晴らしく美しい聖女ソフィアの隣にいる資格があるのは、実力があるだけでなく、魅力的な容姿も持っている者のはずだ。

だから、ソフィアの隣にいるべきなのは、自分こそがふさわしいとアルテは考えていた。

断じて、魔法剣士ソロンのような平民上がりの平凡な男がソフィアのそばにいるべきではない。

アルテは魔法学校時代から聖女ソフィアに憧れていたし、だからこそ、ソフィアのそばにいるソロンは常に邪魔な存在だった。

ソフィアやクレオンにとってソロンは特別な存在だったようだし、この三人の創設メンバーこそが騎士団の中核で、そこにアルテが入り込む余地はなさそうだった。

けれど、とうとうアルテはソロンを追い出すことに成功した。

厄介者の幹部ソロンを追い出したことで、アルテは副団長代理になることもできた。

これで名実ともにアルテは騎士団のナンバースリーになったのだ。

自分は優秀だ、とアルテは信じている。

なのに、この困った状況は何なのか。

アルテは強敵を目の前にしているわけでもないし、命の危険にさらされているというわけでもない。

問題は、仲間であるはずの騎士団幹部だった。

ここは騎士団幹部用の会議室。

騎士団の定例の幹部会が開かれている。

団長のソフィアも副団長のクレオンも欠席だが、それほど珍しいことではない。

二人に加えて追放されたソロンもいないから、合計で十人の騎士団幹部が集まっていることになる。

そして、その幹部たちは揃いも揃って暗い顔をしていた。

それも当然で、このところ、騎士団の遺跡攻略は失敗が重なっていたのだ。

幹部の一人、召喚士ノタラスが立ち上がった。

ノタラスは丸く分厚い眼鏡をかけ、髪を丸刈りにした痩せ型の青年だ。

アルテの嫌いなタイプだ。

ノタラスは甲高い声で口火を切った。

「アルテ殿。貴殿はソロン殿がいなくなれば、我が輩たちはもっと活躍できると言っていましたな」

「はい。言ったわね」

「してみると、この現状は貴殿の望んだことなのですかな？」

「嫌味な言い方をせずとも、はっきり言えばいいでしょう？　あたしたちがひどい失敗ばかりしているって」

アルテはノタラスに冷静に答えようと試みたが、結局、苛立ちを隠せなかった。

聖ソフィア騎士団が苦しんでいるのは、ソロンがいなくなったせいであるのは明らかだった。

索敵、物資の入手、地図や案内人の手配、現地の役人との交渉。

ソロンは遺跡探索に必要な雑務を一人で卒なくこなしていたのだ。

彼がいなくてもその程度のことは簡単にできる、とアルテは思っていたが、いざ自分がやってみるとまったくうまくいかない。

アルテは貴族でプライドが高く、頭を下げて現地の人々の協力を求めることが不得意だ。

ソロンは法律・医学・生物学・文学・歴史・民俗学と雑多で豊富な知識を活用して細かい問題を解決してきたが、アルテには魔法の知識と力しかない。

索敵もできない。アルテは魔術師だから防御力がないし、単独で動けばすぐに敵の餌食《えじき》だ。

逆に魔法剣士ソロンはおおよそ冒険者に求められるすべてのスキルを持っていた。それぞれのスキルが高いとまではいえない。でも、単独で行動し、的確に敵の位置を把握できていた。

そのソロンに代わる存在として、アルテは非幹部の騎士団構成員数名を難関遺跡の偵察に派遣した。

ところが、彼らは全滅した。

死んだのだ。

アルテは遺跡の複雑さと敵の強さを見誤った。

それが悲劇の理由だ。

これまで遺跡攻略の指針を立てていたのもソロンだったが、ソロンがいたころは遺跡攻略で騎士団に犠牲者が出たことはほとんどなかった。

「我が輩たちの騎士団は不敗として知られてきましたな。そして団員の命を何よりも重んじるという美風があったわけです」

「それがどうしたの？」

「アルテ殿は我が輩たちの騎士団の伝統を台無しにしてしまったのではありませんか」

「あたしだって好きであの子たちを死なせたわけじゃないわ」

「ですが、現に彼らは死んだ。ソロン殿がいたときはこんなことはありませんでした。あの方は器用でしたからな」

ノタラスの言葉に、幹部の何人かが小声で賛同した。

まずい、とアルテは思う。

良くない方向に話が進んでいる。

そもそも、彼ら幹部の全員はソロンの追放に賛成していた。

なのに、今になって自分のことばかり責めるのは卑怯だとアルテは思った。

「あなたたちだって、実力の足りない魔法剣士が副団長なんて、嫌だって、言っていたくせに！」

アルテは立ち上がって机を激しく叩いた。

激昂するアルテに対し、ノタラスはあくまで平静を保ち、にやにやと笑みを浮かべた。

一応は、アルテの抗議にノタラスはうなずいた。

「左様。たしかに我が輩もソロン殿の追放に反対しませんでしたな。だが、それはアルテ殿たちがソロン殿などいなくても大丈夫、と力強く言ったからです」

「それはそうだけど……」

自分一人のせいではない、という言葉がアルテの喉元まで出かかった。

アルテは聖女ソフィアのことを尊敬していたし、彼女のことを大好きだった。けれど同時に、ソフィアが組織を運営するのには向かない気弱な性格をしていることも知っていた。

聖女自身もそれを自覚しているようで、団長とはいえ組織の運営的なことに関わらず、騎士団の象徴的な存在にとどまっていた。

代わりに騎士団の一切を取り仕切ってきたのが、副団長のソロンだった。ソロンがいなくなったいま、新たな副団長クレオンこそが幹部をまとめるべき立場にある。

けれど、彼は最近ほとんど姿を見せない。

以前の副団長ソロンは確実に攻略できる遺跡ばかり攻略対象に選んできた。このかなり慎重で保守的な方針も、騎士団幹部たちのソロンに対する不満の種の一つだった。

けれど、正反対に、クレオンは強引な手法で難易度の高い遺跡を攻略するように命令してくる。

たしかに成功すれば得られる見返りも大きいし、実際、騎士団の実力をすれば攻略に成功することだって少なくはない。

しかし、騎士団の幹部も団員たちもあまりに急激な拡大路線に疲弊していた。

まるでなにかに取り憑かれたように、クレオンは攻略を急いでいた。

こうした状況で、アルテは騎士団の運営も遺跡の攻略もまったくうまく進められていなかった。

「女賢者といっても、所詮、世間知らずのお嬢様ということですなあ」

ノタラスが微笑した。

彼は一応貴族の出身だが、下級も下級、爵位もないような怪しげな家の生まれだ。

ろくな領地も俸禄《ほうろく》もなく、その生活の貧窮ぶりは並の平民より下だったと聞く。

対するアルテは侯爵の爵位のある大貴族の生まれだった。

アルテは勢いを失い、弱りながらノタラスに問いかけた。

「あたしにどうしろって言うの？」

「決まっているでしょう。ソロン殿を呼び戻すのです」

「それは……それだけは嫌」

ソロンを呼び戻す、ということはアルテが間違っていたことを認めるということだ。

そうして彼を騎士団に戻し、膝を屈して再び彼を副団長とするなど、アルテのプライドが許さない。

そのときにはせっかく手に入れた騎士団ナンバースリーの座を、アルテが追われることは確実だ。

それどころか、戻ってきたソロンがアルテを騎士団から完全に排除しようとしてもおかしくない。

「ソロン殿を呼び戻すことに賛同する者は席を立っていただきたい」

ノタラスが静かに言った。

彼の呼びかけに応じ、三人の幹部が席を立った。

けれど、それで終わりだった。

アルテと残りの五人は、いまだソロンの追放を支持しているということになる。

「ふむ。仕方ありませんな」

ノタラスは肩をすくめて、椅子に腰掛けた。

良かった、とアルテは思う。

なんとか最悪の事態は回避された。

ソロン追放に賛成である幹部がまだ多くいるのは、まず、盾役の幹部ガレルスのようにソロンと個人的に仲が悪い者がいるためだった。

そして、より重要なのは、クレオンがソロン追放の主導者だったということだ。

以前のクレオンなら、アルテがどれほど訴えても、ソロンの追放という案に耳を貸さなかった。

それが急に積極的にクレオンはソロンの追放に賛成するようになり、実際にソロンを追い出した。

この騎士団では聖女ソフィアと聖騎士クレオンの発言力は圧倒的に強い。

彼女と彼は戦闘面の能力でも他の幹部を圧倒していたし、どちらも幹部・団員からカリスマ的人気があった。

けれど、この状況が続くとは限らない。

次はないとアルテは思う。

ともかくそれまでに皆を納得させる実績を作る必要がある。

アルテは部屋の片隅の地図に目を走らせた。

そして、帝都からわずかに北に離れた遺跡を見つけた。

それは、かつて無数の有力な冒険者たちが挑みながらも、誰も攻略に成功しなかった地だ。

その最下層には目もくらむほどの財宝があるという。さらに採集できる資源も豊富な上、帝都という経済の中心地の近くにある。

この遺跡を攻略すれば、帝都の民衆から喝采を浴び、アルテの地位と名声は不動のものとなるだろう。

攻略にどれほどの犠牲を払ってもかまわない。

成功さえしてしまえば、誰もアルテに文句はつけられないはずだ。

今度こそ、ソロンやノタラスのような人々に邪魔をされることはなくなる。

そうなれば、聖女ソフィアとならぶ、最高の女賢者アルテの誕生だ。

アルテは暗い野望に胸を踊らせながら、幹部会の閉会を宣言した。

このときアルテはまだ気づいていなかった。

前の日の夜に、聖女ソフィアがこっそりと騎士団本部を抜け出して、帝都へ向かったという事実に。

第二章

TSUIHOU SARETA BANNOU
MAHOUKENSHI HA
KOUJYODENKA NO SHISHOU
TO NARU

一話　ソロンとフィリアとクラリスの平和な日常

俺は皇宮の窓からうっすら朝日が指すのを見てから、もう一度ベッドのなかに倒れ込んだ。

まだ早朝だし二度寝しても罰は当たらないはずだ。

さすが皇宮の部屋にある高級ベッド。とても寝心地がいい。

この部屋には俺が魔術的な結界を張っておいた。その結界は俺の身体と連動していて、敵の襲撃があればすぐにわかるようになっている。

だから、ある程度は安心して寝られる。

俺はあくびをした。

聖ソフィア騎士団の副団長だなんて呼ばれていた頃には、俺もけっこう忙しかったと思う。

こんなふうに二度寝なんてできなかったし、早朝に起きて深夜まで働いていた。

なにせ騎士団の裏方的な仕事はすべて俺に集中していた上に、戦闘にも出ずっぱりだったのだ。

まあ、騎士団にいた頃の後半は、周りのほうが強くなっていたから遺跡攻略に行く機会自体は減った。

けれど、代わりに大所帯となった騎士団の運営に忙殺されていた。幹部はみんな貴族で、程度の差はあれ世間知らずが多かったから、事務や調整を任せるわけにもいかなかった。

騎士団を追放されたおかげで、俺もそういう雑務の面倒からは解放されたとも言える。

いま幹部の誰が俺の代わりをしているのかは知らないけれど、うまくやれていることを祈るばかりだ。

フィリアは隣のベッドで寝ていた。

その横顔を、俺はちらりと眺めた。

何の心配もないかのように、フィリアは気持ち良さそうに眠っていた。

幼さは残るけれど、本当に綺麗な子だと思う。

それに優しい子だ。

フィリアは薄い生地の可愛らしい寝間着を着ていた。

その胸元が少しはだけて、薄い胸がちらりと見えている。

俺は慌てて目をそらした。

女の子と一緒の部屋で寝起きするというのは、やっぱり困るなあと思う。

ともかく、俺ももう一眠りしよう。

と思ったら、部屋の扉が思い切り開け放たれた。

「フィリア様！　それにソロン様♪　おはようございます」

メイドのクラリスが楽しそうに言うと、俺やフィリアの返事も待たずに、部屋のなかに飛び込んだ。

俺は慌てて飛び起きて、時計を確認した。

まだ午前六時。

起きる必要のある時間じゃないはずだ。

けれど、クラリスは言った。

「二人とも寝坊はダメですよー？　恥ずかしいかもしれないですけど、ソロン様がフィリア様を起こして差し上げてくださいね？」

「えっと、クラリスさん。いまって何時？」

「何時って、七時半ですよね？」

俺とクラリスは一緒になって時計を覗き込んだ。

どうもクラリスの時計が壊れていたみたいだ。

クラリスは顔を赤くした。

「ごめんなさい。まだ六時だったんですね。はやく起こし過ぎちゃいました」

「気にしないでいいよ。俺も半分ぐらいはもう目を覚ましていたし」

そして俺は隣のフィリアの様子を確認した。

フィリアはぐっすりと眠っていて、身動《みじろ》ぎ一つしなかった。

俺とクラリスは顔を見合わせて、くすくすと笑った。

それからクラリスはフィリアの顔を覗き込み、慈しむようにそっとその髪を撫でた。

「幸せそうな寝顔」

とクラリスはつぶやいた。

俺もうなずく。

「そうだね」

「フィリア様、いつも一人だとゆっくり眠れていなかったみたいですから。これでもフィリア様はけっこう怖がりですし」

「クラリスさんが一緒にいてあげればいいんじゃない？」

「ダメですよ。あたしじゃフィリア様が襲われても助ける力がないですし」

「まあ、それはそうか」

「それに、メイドはメイド用の四人部屋で寝ないといけない決まりなんです。あたしたち、朝早くから仕事ですし、身分も違いますから」

「身分、ね」

身分という意味では、いくら家庭教師兼侍従として貴族待遇を受けてるといっても、俺も平民だ。男である俺とフィリアが一緒に寝ているほうが、よっぽど非常識な気もするし、不安な気もする。

クラリスはくすくすっと笑った。

「フィリア様がいくら可愛くっても手を出したりしたらダメですよ？」

「そんなことしないよ。フィリア様は十四歳だし、俺よりずっと年下だ」

「なら、あたしぐらいの年齢なら手を出しますか？」

からかうようにクラリスが言う。

クラリスは十七歳だそうで、フィリアよりはずっと俺と年が近いとはいえ、年下には変わらない。

けっこう可愛いとは思うけど。

なんだかいけないことを想像している気分になってきて、俺はわざと投げやりな口調で言った。

「手を出すもなにも、クラリスさんはこの部屋で一緒に寝ているわけじゃないし」

「それじゃあ、夜中にこっそりソロン様のベッドに忍びこみますね！」

「それはやめてくれると助かるなあ」

俺がそう言うと、クラリスは楽しそうに目を細めた。

なんとなく、クラリスなら本当にやりかねないような気がする。

クラリスは俺のベッドに腰掛けて、俺の右手を両手で包み込んだ。

それから上目遣いに俺を見た。

「なんなら、今でもいいんですよ？」

「質《たち》の悪い冗談はそのへんにしといたほうがいいと思うよ」

「ソロン様。顔が真っ赤です」

誰のせいだと思っているのか。

と俺は抗議しようと思ったけれど、クラリスが楽しそうにくすくす笑っているので、やめにした。

まあ、早朝の暇な時間をクラリスの冗談に付き合って潰すというのも悪くないか。

「こんなところ、フィリア様に見られたら怒られちゃいますね」

何もやましいことはないけれど、誤解されかねないかなあとは思う。

俺とクラリスはふたたび顔を見合わせ、それからフィリアの様子をうかがった。

フィリアは相変わらず夢の中のようだったけれど、「ソロン」と小さく寝言をつぶやいていた。

クラリスは優しい表情になり、俺に向かって言った。

「ソロン様と一緒だからこそ、フィリア様はこんなに安心して眠れているんですよ」

それなら、俺もここにいる甲斐があるというものだと思う。

騎士団にいたときとは違って、俺は必要とされているんだなと感じる。

そうだとすれば、ここは騎士団よりずっと良い居場所だ。

クラリスは熟睡しているフィリアを微笑みながら眺めていたが、それからぽんと手を打った。

なにか思い出した、という仕草だ。

「そうそう。知っていますか？　フィリア様ってソロン様を雇うために、ほとんどのお金を使っちゃったんですよ？」

「え？　そうなの？」

「はい。フィリア様に割り当てられた一年分の皇室予算の八割。それがソロン様の年間の給料です」

ぎょっとして俺はのけぞった。

ルーシィ先生は割の良い仕事だといって、フィリアの家庭教師の仕事を紹介した。

たしかに家庭教師としては高めの給料だなあとは感じていたけど、皇女の側仕えともなれば、それぐらいの報酬があってもおかしくないと思っていた。

でも、考えてみれば、これまでフィリア専属の使用人はメイドのクラリスしかいなかったのだ。

フィリアはたくさんいる皇女の一人に過ぎず、一人の使用人しか割り当てられていないほど冷遇されている。

なのに、皇帝や政府が、高い給料の家庭教師をフィリアのために雇うはずがない。

フィリアは自分の意志で、帝室から与えられたなけなしのお金を俺のために使ってくれているらしい。

「さすがにそれは悪いよ。あとでフィリア様に俺の給料を下げていただくようにお願いしておく」

「あ、ええっとですね、そういう意味で言ったんじゃないんです。ただ、フィリア様がソロン様のことを大事にしようとしているってことを言いたくってですね……。だから、そんなふうにソロン様が気を使ったら、フィリア様はかえって悲しみますよ」

「でもなあ」

「それにソロン様ほどの力があれば、もっとお金のもらえる仕事はたくさんあるはずですし、これでも安いぐらいでしょう？　家庭教師だけじゃなくて、護衛も兼ねていますし」

「いや、まあ、それは事実だけど……」

「ともかく、あたしがお金のことを言ったから、給料下げるように頼むなんて、やめてくださいね？　フィリア様に怒られちゃいますから」

クラリスは小声で言った。

困ったけれど、とりあえずは仕方ない。後でどうするか考えよう。

それより、気になるのは、どうしてそこまでしてフィリアが俺を雇おうと思ったか、だ。

もともと、フィリアは「聖ソフィア騎士団の副団長ソロン」みたいな魔法剣士を家庭教師にしようと希望していたらしい。

ただ、仲介を頼まれたルーシィ先生は、なかなか皇女の気に入る人を見つけられなかった。

そこに俺、つまりソロン本人がたまたま現れたから、フィリアに紹介したという流れだ。

なぜ俺みたいな魔法剣士にフィリアがこだわったのか、俺はその理由をクラリスに尋ねた。

クラリスは不思議そうな顔をした。

「フィリア様から聞いていないんですか？」

「有名な騎士団で活躍していた英雄、魔法剣士ソロンに憧れていたっていう話なら、聞いたけどね」

「その理由では納得できませんか？」

「そうだね。単なる有名人への憧れって感じじゃなさそうだ。それに、それなら、相手はクレオンでもソフィアでもアルテでも良いはずだ」

「どうでしょうね。あたしは聖女様やクレオン様よりも、ソロン様のことを応援してましたけど」

「それは俺が同じ平民だからだよね？」

「それもありますけど、あたしがソロン様のファンになったのって、フィリア様の影響なんですよね」

「へえ」

てっきり逆かと思っていた。

流行が大好きって感じのクラリスが、フィリアに聖ソフィア騎士団の噂話をいろいろとしたのだと思っていた。

聖ソフィア騎士団の伝説はいろいろと流布されていて、二百年誰も攻略できなかった遺跡を解放したとか、伝説の暗黒竜を倒したとか、そういう武勇伝が世間では語られている。

誇張されている面もあるけれど、ともかくそういう話のおかげで、聖ソフィア騎士団は人気があるのだ。

ただ、そういう話を間接的に聞いただけでフィリアが俺にこだわるというのも変だ。

「直接会ったこともない俺のことをそんなに信じることができるものかな」

俺のつぶやきに、クラリスが答えた。

「なら、直接会ったことがあるとすれば？」

「え？」

「ソロン様とフィリア様はきっと昔、会ったことがあるんですよ」

クラリスはにっこりと笑った。

俺はその意味を考えた。

俺がフィリアに会ったことがある？

魔法学校の生徒だったころに、あるいは騎士団を作った後に、俺が皇女に会う機会なんてあっただろうか。

そんなわけない、と思うけれど。

クラリスはなにか知っていそうな感じだった。

俺がクラリスに尋ねようと口を開きかけたら、クラリスは人差し指を俺の唇に当てた。

柔らかい感触に俺は思わず赤面する。

「えっと、クラリスさん？」

「これ以上のことは、フィリア様から直接聞いてくださいね。さあ、お仕事に戻らないと！」

そう言うと、クラリスは一瞬で部屋から姿を消した。

俺は考えた。

フィリアと過去に出会ったことがあるらしいというのは、とても気になる。

けれど、いま優先すべき問題はそれではない。

「俺がこの子を起こすの？」

独り言をつぶやいてみたけれど、誰も答えない。

それも当然で、フィリアは眠ったままだし、クラリスはフィリアを起こさないまま部屋から去っていってしまったからだ。

クラリスは言っていた。

俺にフィリアを起こせと。

俺とフィリアは同じ部屋にいるのだから、クラリスの言うこともわからなくはない。

だけど、相手は寝ている年下の女の子だ。

あんまり強引な手段を使って、目を覚まさせるのは気が引ける。

まあ、そのうち自分で目を覚ますかな。

そう思って、俺は帝都で発行されている日刊紙を読みはじめた。

帝国西方地域での飢饉《ききん》が深刻化。餓死者は数万人を下らず。

過激派反政府組織の「七月党」が内務大臣を暗殺。

アレマニア・ファーレン共和国との戦争では、帝国軍が南部戦線で歴史的大敗を喫したという。

俺は新聞を斜め読みしていき、けっこうな時間が経った。

だけど、フィリアはまったく起きてくる気配がない。

すやすや寝ている。

さすがにそろそろ起こさないと朝食の配膳の時間に間に合わない。しかも、その後にはフィリアはいちおう皇室の儀式的な行事に参加する予定があるらしい。

「ええと、フィリア様？　起きてください」

俺は小声で言ってみたが、反応なし。

困ったので、俺はフィリアの耳元でそれなりに大きな声で「フィリア様」と呼びかけてみる。

すると、フィリアは寝返りを打って、なにか寝言をつぶやいてから、何も変わらず眠り始めた。

ダメだ。

どう考えても、平和な方法ではフィリアを起こせない。

どうしようか。

なんだか昔も同じような状況があった。

あのときの相手はソフィアだった。

旅先の宿屋に泊まったとき、朝日を浴びて目を覚ましたら、なぜか同じベッドにソフィアがいたのだ。

俺は抱き枕代わりに抱きしめられていて、あまりのことに眠気が吹き飛んだ。

誓ってなにかがあったわけでなく、ソフィアが寝ぼけて入るベッドを間違えただけだった。

そのときのソフィアは全然、起きなかった。

あのとき、結局、どうやってソフィアを起こしたのか。

俺は思い出した。

その日は休日だったし何もやることはなかったから、結局、ソフィアが目を覚ますまでずっとそのままの体勢で待ったんだった。

目を覚ましたソフィアが顔を真っ赤にして謝っていた姿が昨日のことのように目に浮かぶ。

でも、もう俺はもうソフィアとは二度と会わないかもしれない。

今はソフィアのことでなく、フィリアのことを考えるべきだ。

俺は深呼吸して覚悟を固めた。

寝具を引き剥がして、ベッドから出てきてもらうしかない。

俺はフィリアのかぶっている掛け布団を引っ張った。

けれど、寝ているフィリアの頑強な抵抗にあって剥がせない！

フィリアは両手でひしっと布をつかんでいる。

困ったな、と思って、俺はフィリアの顔を眺めた。

そして、気づく。

「フィリア様？　実は起きていますよね」

「……起きてなんかいないよ？」

「起きているじゃないですか」

フィリアはしぶしぶという様子でベッドから起き上がった。

眠そうに目をこすり、言う。

「どうやってわたしを起こしてくれるか楽しみだったのに」

「そんな理由で寝たふりしないでください」

「おはようのキスは?」

「そんなことはできません」

「師匠は弟子のほっぺたにキスして起こしてくれるんじゃないの?」

「それは親が子どもにするとか、そうでなければ恋人同士でするものではないでしょうか?」

「じゃあ、ソロンはわたしのお父さんになってくれる?」

「ええっ、恋人のほうじゃなくてそっちですか」

「あれ、ソロンはわたしの恋人になりたかったの?」

フィリアがちょっとうれしそうに笑う。

まずい。

失言したような気がする。そういう意味で言ったわけじゃない。

俺は慌てて訂正する。

「いえ、ええと、そういうわけではなく、俺とフィリア様って十歳も年は離れていないですよね。

なのに、俺が父親というのは変ではないかと」

「じゃあ、ソロンのこと、お父さんって呼べばいいかな？」

「俺の話、聞いてます？」

俺が言うと、フィリアはくすくすっと笑って、ぴょんと起き上がった。

「ね、お父さん。キスして」

フィリアはすっと俺に顔を近づけた。

俺がたじろいで一歩後ろに下がると、フィリアもまた一歩こちらに近づいてくる。

フィリアが上目遣いに俺を見る。

「ダメかな？」

考えてみると、フィリアの父親は皇帝だ。皇帝には何十人もの息子と娘がいるし、皇帝がフィリアに愛情を注いだとは思えない。

そうだとすれば、フィリアは父親の愛情に飢えているのかもしれない。なら、ちょっとだけフィリアの演技に付き合っても悪くないような気もする。

「ねえってば、ソ、ロ、ン、お父さん♪　わたし、可愛い？」

「可愛いですよ」

「お父さんなら、娘に敬語なんか使わないよね」

「フィリアは可愛いよ」

と俺が言うと、フィリアは少し顔を赤くした。

恥ずかしくなるのなら、こんなことしなければいいのに。

でも、フィリアは演技を続けた。

「お父さん。わたし、頑張って起きたから、おはようのキスしてくれる？」

「ホントは起きているのに、寝たふりをする悪い子にはできないな」

「あー、ひどいなあ。ソロンお父さんがキスして起こしてくれないから、わたし起きてこなかったんだよ？」

「ダメなものはダメだよ」

だいたい、赤ちゃんのころならともかく、十四歳の娘の頬にキスする父親なんていないと思う。

「さあ、さっさと服を着替えちゃいなさい」

俺がそう言うと、フィリアは不満そうに頬を膨らませた。

それから、フィリアはなにか思いついたのか、明るい笑みを浮かべた。

嫌な予感がする。

「お父さんがわたしの言うことを聞いてくれないなら、わたし、服も着替えないし朝ごはんも食べないんだから」

まさかの強硬手段にフィリアが出た。

見ると、フィリアはすごく楽しそうに笑っている。

どうしよう、と俺は思った。

「ふぃ、フィリア。き、聞き分けのないことを言うんじゃない」

「ソロンお父さんのことなんか知らないんだから！」

「ええっと、フィリア様？　ホントに朝食にも儀式にも間に合わなくなりますよ？」

「うん。ソロンお父さんのせいでね」

完全に駄々っ子状態である。

演技にしても勘弁してほしい。

フィリアは俺にほとんど密着するぐらいの距離まで近づいた。

そして、目をきらきらさせながら、俺を見つめた。

やむをえない、か。

「フィリア、じっとしててね」

「う、うん」

フィリアは急に慌てふためいた様子になって、顔を真っ赤にした。

そして、目をつぶる。

そんなに照れられると、こっちが恥ずかしいんだけれど。

俺はちょんとフィリアの頬に唇を触れさせ、それから一歩離れた。

フィリアは目を開けて、顔を真っ赤にした。

「あ、ありがと。ソロンお父さん」

まあ、これでフィリアの家族愛への憧れが満たされたなら、それはそれでいいのかもしれない。

でも、疲れた。

「あんまりお父さんにわがままは言わないでほしいな」

と俺は父親っぽく小言を言ってみる。

フィリアはえへへ、といたずらっぽく笑った。

それからフィリアは「えいっ」と言うと、俺に正面から抱きついた。

フィリアは甘えるようにこちらに完全に体重を預け、その小さな胸の感触が俺に伝わってくる。

暖かいし柔らかいな、と考えて、俺は赤面した。

フィリアはしてやったりといった感じで綺麗に微笑むと、ささやくように言った。

「わたしは、ソロンお父さんのこと大好きだよ」

フィリアは俺にしなだれかかったまま、顔を真っ赤にしていた。

俺はどうすればいいかわからないまま、固まっていた。

誰かに見られたら誤解されること間違いなしだ。

「父と娘」ごっこをしていました、なんて言っても誰も信じてくれないと思う。

そして実際に目撃者は信じてくれなさそうだった。

「な、なにをやっているの？　ソロン？」

女性にしてはやや低いトーンの、けれど綺麗な声が部屋に響いた。

部屋の扉を振り向くと、そこには赤髪赤眼の綺麗な女性が立っていた。

帝立魔法学校の教授、「真紅のルーシィ」だった。

ルーシィ先生は困ったような顔をして、俺とフィリアを見比べた。

自分の弟子に、その教え子となる皇女が赤面して抱きついていたのだ。

ルーシィ先生がなぜここにいるのかは知らないけど、たしかに困惑するとは思う。

俺が言い訳を口にする前に、フィリアが微笑んでルーシィ先生に問いかけた。

「もしかして羨ましいの？」

「べっ、べつに羨ましくなんてないわ」

「ふうん。なら、わたしとソロンがこうやって密着したままでもいいの？」

「よくない！」

と言ってから、ルーシィ先生は顔を赤くした。

ルーシィ先生はつかつかと俺たちに歩み寄った。

そして、俺の肩をつかむ。

「しっかりしてよ、ソロン。あなたがこの子の師匠なんだから。こういうふしだらなことはダメって言わないと！」

「いや、ふしだらというわけではなくてですね……」

俺が説明しかけたのを、フィリアが横で楽しそうに見ている。

フィリアは俺から離れて、そして口をはさんだ。

「だけどルーシィだって、ソロンが学生のときはさんざんイチャついていたんでしょう？」

「わ、私は弟子とそんなことしないから！」

「髪を撫でたり、抱きしめたり、膝枕をしたりしていたんじゃないの？」

「なんで知ってるの⁉　ソロンがしゃべった⁉」

俺は首を横に振り、フィリアはジト目でルーシィ先生を睨んだ。

「ふうん。ルーシィって、本当にそういうことしてたんだ」

「もしかして、いまのって誘導尋問？」

ルーシィ先生の言葉に、フィリアはうなずいた。

ますます顔を赤くしたルーシィ先生は、恥ずかしさのあまりか、その場にがっくりと膝をついた。

天才ルーシィが完全にフィリアに振り回されているなあ、と俺は思った。

ルーシィ先生は俺より少し年上だけど、ルーシィ先生が俺の師匠となったとき、彼女はまだ少女みたいなものだった。

だから、俺たちはどちらかといえば師弟というより友人みたいな感じだった。それが師匠と弟子として正しいあり方なのかはわからないけれど。

そんなことはさておき、ルーシィ先生は皇女フィリアに敬語を使わないし、フィリアもルーシィ先生に割と気安く接している。

俺とフィリアを引き合わせたのはルーシィ先生だ。

けれどルーシィ先生とフィリアがどういう関係なのか、聞いていない。

フィリアが俺の疑問に答えた。

「わたしとルーシィは従姉妹《いとこ》同士ってことになっているの」

「従姉妹？」

「わたしのお母さんは奴隷の『悪魔』だったけれど、そのことを隠すために形式上のお母さんが別にいるってこと。その義理のお母さんがルーシィの叔母さんだったわけ」

「つまり、私の叔母が皇帝の妃だったということね」

ルーシィ先生がフィリアの説明を補足した。

ややこしいが、要するに血縁関係こそないが、二人は親戚同士ということらしい。

そうでなければ、いくらルーシィ先生が名門大貴族の娘でも、こんな皇宮の奥まで簡単にはやってこれないはずだ。

ルーシィ先生は気持ちを切り替えたのか、真面目そうな顔をして言った。

「ともかく、ソロンにはきっちり説明してもらわないとね。十四歳の女の子の弟子に何をしていたのかを」

「何もしてないですって」

俺がそう言って、フィリアにも同意を求めようとしたが、フィリアはもう奥の部屋に引っ込んでいた。

いつのまにか着替えを始めたらしい。

俺はへらりと笑い、ルーシィ先生は俺のことを睨んだ。

しばらく俺たちは向かい合った後、ルーシィ先生はため息をつき、小声で言った。

「皇女殿下と仲良くなるのはいいけど、ほどほどにしておいたほうがいいわ」

「フィリア様に俺を紹介したのは先生じゃないですか」

「そうよ。でもきちんと距離を置いて接しないといけないと思うの」

「それはそうだとは思いますが」

俺が曖昧にうなずくと、ルーシィ先生は心配そうに俺の瞳を覗き込んだ。

「仲良くなりすぎて、傷つくのはあなたなのよ。弟子はいつか離れていくものだし、師匠を必要としなくなるわ。思い入れが深ければ深いほど傷は大きくなる」

ルーシィ先生は自分に言い聞かせるように言った。

つまり、それはルーシィ先生自身のことを言っているように聞こえた。

俺は思わず聞き返した。

「ルーシィ先生も教え子がいなくなったら寂しいですか？」

「私の教え子ってあなたのことよね？」

考えてみれば、そのとおりだ。

まだ若いルーシィ教授の最初の弟子は俺だったし、その次のルーシィ先生の弟子はまだ魔法学校を卒業していない。

ルーシィ先生はささやくように言った。

「私が、あなたがいなくなって寂しくなったと思う？」

「寂しかったって思ってくれていたら、嬉しいとは思いますが」

「そう思うなら、騎士団なんて作らずに、ずっと帝都にいればよかったのに」

ルーシィ先生はそうつぶやき、赤い美しい瞳で俺を睨んだ。

「ソフィアもクレオンもあんなにあなたにべったりで、あんなにあなたに助けられていたのに、あなたから離れていった。フィリアだってそうなるかもしれない。そのとき傷つくのはいつだってあなたなんだから。騎士団を追放されたのは辛かったでしょう？」

「たとえ傷ついたとしても、俺は間違ったことをしたとは思っていません」

「どうして？」

俺は考えながら言葉を紡《つむ》いだ。

「ソフィアもクレオンも昔は頼りなかったけど、今は誰もが憧れる立派な冒険者になりました。今の二人は俺を必要としていない。だけど、二人が活躍できているのは、かつての俺のおかげなのだとしたら、俺はそれを自慢にできますからね」

「……あなたは冒険者っていうより、根っからの指導者って感じの人ね」

「そうですか？」

「そうよ。そして、私はあなたとは違うわ。大事なものは手元に置いておきたくなる。教師には、向いていないのよ」

ルーシィ先生は寂しそうに笑った。

†

俺とルーシィ先生が少し話しているあいだに、フィリアが着替えて戻ってきた。

ぴょんと跳ねるようにフィリアは俺たちの前に立ち、弾んだ声で問いかける。

「どう？　この服、可愛いかな？」

晴れやかな青色のドレスは繊細な装飾が施されていて、フィリアに優美な雰囲気を加えていた。

宮廷の公式行事に参加するのにふさわしい正装だ。

俺は微笑んだ。

「とても可愛いと思いますよ」

と俺が言ったら、隣のルーシィ先生に足を踏まれた。

なんでそんなことをするのかと思ったら、ルーシィ先生はすねたようにこちらを上目遣いに見ている。

ルーシィ先生が部屋に入ってきたときは意識しなかったけれど、なぜか彼女もドレス姿だ。

ルーシィ先生が着ているドレスは鮮やかな真紅で、赤色の髪と目と揃い、「真紅のルーシィ」と呼ばれるにふさわしい見た目だった。

胸元の開いたやや大胆な衣装だけれど、きちんとした帝国式の正装の範囲を逸脱していない。

「あれ、ルーシィ先生も帝室の儀式に参加されるんですか？」

「そうよ。そのためにここに来たんだもの。だけど、あなたが言うべきなのはそういうことじゃないでしょう？」

ルーシィ先生はますます不満そうに俺を睨んだ。

ようやくルーシィ先生の意図に俺は気づき、慌てて言った。

「えーと、そのドレス、すごく綺麗で似合っていると思います」

「なんか心がこもっていない気がする」

ルーシィ先生は俺を睨みながら一歩踏み出し、ぐいっと俺の襟首をつかんだ。

そんなに怒ることなんだろうか、と俺は思いながら、焦って一歩後退する。

が、部屋の壁にぶつかってしまった。

同時に俺の襟首をつかんだままルーシィ先生が引きずられる格好になる。

きょとんとした顔をしたルーシィ先生が、「わわっ」と可愛らしい声を出して、バランスを崩して、俺の方へ倒れ込んだ。

俺は仕方なくルーシィ先生を抱きとめた。

「大丈夫ですか、先生?」

「え、ええ」

かあっと顔を赤くしたルーシィ先生が俺に抱きついたまま、こちらをちらりと見た。

ちょっと困ったのは、俺とルーシィ先生が密着状態になっていて、彼女の胸が俺に当たっているということだった。

見下ろすと、ちょうどドレスから露出したルーシィ先生の胸の谷間が見える。

ルーシィ先生は困ったように目を伏せた。

「ソ、ソロン。ど、どこを見てるの?」

「何も見てませんよ」

「嘘つき。ホントは変なこと、考えていたでしょう?」

「いや、ルーシィ先生が綺麗だなあって。でも、ちょっとその服は似合ってるけど大胆すぎますね」

「ソロンのばか」

ルーシィ先生は恥ずかしそうにそう言うと、うつむいたまま、なにか考えていた様子で、それから「そっか。もういいんだよね」と小さくつぶやいた。

そのままルーシィ先生は自分の身体を使って、俺を壁に押し付けた。

ルーシィ先生がいたずらっぽく微笑み、俺は動揺した。

「え、えっと、ルーシィ先生？」

「なにか言いたいことでも？」

とルーシィ先生は俺の耳元に唇を近づけ、ささやくように言った。

ルーシィ先生の行動のせいで俺と彼女の密着度はより上がっていて、彼女の胸の暖かさと柔らかさを強く意識させられている。

フィリアとは違うなあと考えながら、頭がくらくらするのを感じた。

ルーシィ先生が俺に問いかける。

「私って、けっこう胸が大きいでしょう」

「そういうこと聞かないでください」

「やっぱり、さっきから私の胸ばっかり見てるんだよね？」

俺が何も答えられないでいた。

そうしていたら、ルーシィ先生が俺の頬をそっと指先で撫でた。

「ソロンってば、顔を真っ赤に染めちゃって。可愛いのね」

「誰のせいだと思っているんですか」

「ちょっとここを触ってみる？」

ルーシィ先生はつんつんと自分の胸を指で示した。

俺はたぶん、ぎょっとした顔になり、ますます顔を赤くしていたと思う。

くすくすっとルーシィ先生が笑い、それからようやくルーシィ先生は俺から身体を離した。

「冗談よ。驚いた？」

「驚きましたけど、それより、ルーシィ先生は弟子にはふしだらなことをしないって言ってましたよね？」

俺は照れ隠しに、なるべく皮肉っぽく言った。

フィリアと俺に対しては距離をとれと言うのに、ルーシィ先生自身がこんなことをしていては示しがつかないんじゃないかと思う。

けれど、ルーシィ先生は満足そうに笑いながら言った。

「あら、これは変なことじゃないわ。私がソロンをからかっただけだもの」

「その理屈は絶対におかしいです」

「それにね、もうあなたは一人前になったんだもの。学校も卒業してるしね。私とあなたは師匠と弟子だけど、でももう互いに魔法使いとしては対等な存在でもあるのよ」

「つまり？」

「私とソロンの関係は、ソロンとフィリアの関係とは違うってこと」

ルーシィ先生は自信たっぷりといった笑顔で言い切った。

振り返ると、フィリアが頬を膨らませて俺たちを睨んでいる。

ルーシィ先生もわざわざフィリアがいる前でこんなことをしなくてもいいのに。

俺は頭が痛くなった。

フィリアは完全にすねた様子でルーシィ先生に文句を言った。

「ルーシィは大人げないよ」

「何のことかしら?」

ルーシィ先生は余裕の笑みを浮かべ、フィリアはそれを睨んだ。

けれど、フィリアは良いことを思いついたというようにぽんと手を打った。

両手を広げて、フィリアが明るく言う。

「ルーシィは知らないと思うけど、ここはわたしとソロンの部屋なんだから」

「どういうこと?」

「わたしとソロンは一緒の部屋に住んでるってこと」

ルーシィ先生は愕然とした表情で、俺とフィリアを見比べた。

俺は頭を抱えた。

またルーシィ先生が怒り出しかねない。

しかも、「未婚の男女が同じ部屋に一緒に住むべきでない」と言われたらそれはそのとおりなのも、困ったところだ。

面倒なことになる前に俺は言った。

「ルーシィ先生もフィリア様も、そろそろちゃんと準備しないと儀式に遅れますよ。俺はともかく、二人は予定があるんですから」

「ソロンも予定があるよ？」

フィリアが不思議そうに言う。

そうだっただろうか。

俺にはまったく心当たりがない。

けれど、ルーシィ先生もフィリアの言葉にうなずいている。

嫌な予感がした。

「ソロンとルーシィは、わたしの従者として儀式に参加するんだから」

当たり前のことのように、フィリアが言った。

二話　七月党の目論見

トラキア帝国の最高権力者は皇帝だけれど、実際の政治を担うのは皇帝から任命された大臣たちだ。

十二人の大臣は大臣会議を構成し、その会議の首席たる大臣会議議長、すなわち首相が国政を主導する。

前首相はついこのあいだ罷免《ひめん》された。

周辺諸国との戦争での敗北、農村部での飢餓の進行、過激派による内務大臣の暗殺。

どれも帝国の覇権に陰りがあることを示すもので、前首相は失政の責任をとらされたのだ。

そして、新たな帝国首相ストラスの任命式に、俺とフィリアとルーシィ先生は来ていた。

「こういう行事って、ソロンは好き？」

フィリアに小声で聞かれて、俺は肩をすくめた。

「堅苦しくって困りますね」

フィリアは同感だというふうに微笑んだ。

俺は周りを見回した。

玉座に座る壮年の皇帝の前に、大臣たちが並んでいる。

彼らは皇帝の正面の赤い絨毯《じゅうたん》にひざまずき、新首相がうやうやしく皇帝から一本の宝剣を受け取った。

その宝剣「エレア」は帝国の政治を任される栄誉を示す。帝室の秘宝だ。

皇帝と大臣から離れて左右に位置するのが、枢密院総裁をはじめとする高官たちだ。さらにその外側を皇族や大貴族、その従者が占めている。

つまり、俺たちは儀式の中心からはだいぶ遠い位置にいた。フィリアも、その両隣にいる俺もルーシィ先生も、ほとんど末席にいる。

けれど、新首相ストラスの声は遠くまで明瞭に行き届いた。

ストラスはまだ三十代後半の若い男で、気迫に満ちていた。

彼は宝剣を鞘から抜き放った。それが首相就任式の作法だったからだ。

彼は皇帝を背に立ち、そして観衆に向けて剣をまっすぐ振りかざし、宣言した。

「神よ、皇帝陛下とこの国を守り給え！　私はこの国を脅かすあらゆる敵と戦います。帝国の法と伝統と理想が、ひとしくすべての臣民を救うまで、我々の戦いは終わらないのです」

そこでストラスは言葉を切り、数秒ほど沈黙した。

列席者は静まりかえり、ストラスはゆっくりと儀式の場を見回した。

彼は穏やかだが、迫力のある声で語りはじめた。

「いま、この国は困難な時期にあります。そうであればこそ、我々は団結しなければなりません。闇に潜む魔の者の陰謀を、そして不正なる敵国アレマニア・ファーレン共和国の野望を打ち砕くことができる勇気を持っているのは、私とここにいるすべての方なのですから。皇帝陛下万歳！」

ストラスの言葉に続き、列席の人間は「皇帝陛下万歳」と斉唱した。

そして、割れんばかりの拍手が巻き起こり、一部の人々は「救国者ストラスに栄光あれ！」と叫んでいた。

「さすがは人気者ね」

ルーシィ先生が冷めた声でつぶやき、俺はそれに応じた。

「みんなストラスに期待しているんですよ」

ストラスは元軍人だ。

名門貴族出身の将軍だったけど、ストラスは平民の兵士と同じ食事をして、同じ小屋で寝ていたと聞く。

平民の下士官をかばって負傷し、その傷が額にあるという話も有名だ。

だから、ストラスは民衆のあいだで人気が高い。

有力貴族たちも、ストラスであれば、停滞したこの国の政治を変えてくれると期待している。

皇帝にも気に入られてるし、企業家たちからの資金援助も受けている。

つまり、ストラスは帝国の希望の星なのだ。

けれど、ルーシィ先生はそうは思っていないらしい。

「期待はずれに終わらないといいのだけれど」

ルーシィ先生はつぶやき、早く終わってほしいというふうに小さくあくびをした。

俺とルーシィ先生がここにいるのはフィリアのためだった。

一つはフィリアの身を守ること。こないだのような事件が起こらないとも限らない。悪魔との混血を憎む者は、貴族のなかにも多い。

もうひとつの狙いは、立派な肩書のある従者が二人いれば、フィリアの格が上がるということだ。

ルーシィ先生は帝立魔法学校の教授として声望《せいぼう》があるし、俺もなんやかんやで帝国最強の冒険者の一人ということになっている。

まともな従者が皆無だとフィリアは困るだろうし、俺たちがいれば冷遇されているフィリアの立場も少しはマシになるかもしれない。

ルーシィ先生は言った。

「フィリアには偉くなってもらわないと困るのよ」

「なんでですか？」

「そのうちわかるわ」

俺の問いを、ルーシィ先生ははぐらかした。

ルーシィ先生がなぜフィリアに深く関わっているのか、俺は本当のところを知らない。

単なる親戚というだけではなさそうだ。

しかし、ルーシィ先生はこれ以上の事情を話すつもりは当面ないらしい。

儀式がほぼ終わりかけ、皇帝が玉座から立ち上がった。

お待ちかねの祝宴の時間が始まるのだ。

ルーシィ先生は大の酒好きで、会場に並べられ始めた高級な酒を見て目を輝かせていた。

ちょうどそのとき、背後から綺麗に澄んだ声が聞こえた。

「皇女フィリア殿下で間違いありませんか？」

フィリアはゆっくりと後ろを振り向き、俺もつられて後ろを向いた。

フィリアに声をかけたのは、一人の少女だった。

流れるような金色の髪が印象的な美しい少女だ。

そして、いつもどおりの純白の修道服を着ている。

少女は翡翠《ひすい》色の大きな瞳でまっすぐフィリアを見つめていた。

聖女ソフィアがそこにはいた。

ほぼ同時に、耳が裂けるほどの爆発音が会場に鳴り響く。

帝国打倒を掲げる「七月党」の殺人者たちが現れ、殺戮《さつりく》を開始したのだ。

なんでここにソフィアがいるのか、という俺の言葉は轟音《ごうおん》にかき消された。

会場入口手前に紅蓮の炎が上がり、そこにいた何人かの給仕たちを一瞬で消し炭にした。

次の瞬間、爆風が巻き起こり、こちらに迫ってくる。

「フィリア様！」

俺はとっさに左手でフィリアの腕をつかみ、こちらに引き寄せた。

炎と爆風は目の前まで迫っている。

俺は腰に帯びていた宝剣テトラコルドを鞘から抜き、右手で横に振るった。

すると、俺たちを襲う炎風はかき消された。

ほっとして俺は胸をなでおろす。

なんとか最初の一撃は防いだ。

突然の戦いは、予想していない最初の攻撃が最も怖い。

逆に言えば、それさえ回避できれば、後はなんとかなるとも言える。

「ご無事ですか、フィリア様？」

「う、うん」

見下ろすと、フィリアが頬を真っ赤に染めている。

とっさにフィリアを抱き寄せたけど、その結果、背中から手を回して、フィリアを後ろから抱きしめる格好になる。

フィリアが小さく吐息をもらす。

「あっ、んっ、痛いよ、ソロン」

「す、すみません」

慌てて俺はフィリアを抱きしめる手を緩めた。

焦ってフィリアを強く抱きしめすぎていたのだ。

とはいえ、まだフィリアを離すわけにはいかなかった。

何が起こっているのか、状況がまったくつかめていない。

「ソロン！　それにフィリア！　大丈夫？」

魔法の杖を構えたルーシィ先生がこちらに声をかける。

そして、俺がフィリアを抱き寄せているのを見て、すねたような顔をした。

「私のことより、フィリアのほうが大事なんだ？」

「先生なら自分の身は自分で守れるでしょう」

俺は呆れて言い返した。

そんなことを言っている場合じゃないと思う。

「真紅のルーシィ」、そして聖女ソフィアなら、自分で自分の身を守れるだろうけれど、フィリアはそうじゃない。

だから、俺がなんとかしないといけない。

そういえばソフィアはどうしたのだろう。

振り返ってみたが、ソフィアはどこにも見当たらなかった。

一方で、衛兵隊が会場の入り口を固めはじめていた。

何者かが侵入してテロを行ったのだから、これ以上の敵を侵入させないためには妥当な判断だった。

俺たちも入り口のすぐ近くにいるから、敵が入ってこないようにしてくれるのならありがたい。

けれど、次の瞬間には衛兵たちの悲鳴が上がった。

衛兵たちの身体が切り裂かれ、鮮血があふれる。

一瞬で、死体の山がその場にできた。

彼らを殺したのは、一人の初老の男性だった。

「諸君は覚えているだろうか、七月九日の惨劇を」

その男は杖を握り、落ち着いた声で言った。

上等な礼服に身を包んでいて、紋章入りの指輪をつけている。

つまり、彼は貴族であり、この就任式に招待された一人だった。

「ポロス伯爵ではありませんか⁉　ご乱心なされたか⁉」

驚きの声を上げたのは、皇宮衛兵隊副隊長のギランだった。

ギランはすでに重傷を負い、殺人者であるポロス伯爵の前に、顔を青くして膝をついていた。

ポロスは薄く笑った。

「私は正気だよ」

「皇宮で衛兵を殺せば、これは大逆罪。伯爵も死罪を免れませんぞ」

「いいや、正気でないのはギラン殿のほうではないかね？」

「なにを仰る？」

「わからないならいい。死んでもらうまでだ」

ポロスは杖を振り上げた。

そのままだったら、ギランも同じようにポロスの魔法で殺されていただろう。

けれど、彼は死ななかった。

「ろくな説得もなしに殺すっていうのは、ちょっと乱暴じゃないですか」

俺は宝剣でポロスの攻撃を防いで、言った。

フィリアを守るのはルーシィ先生に任せて、俺はポロスの前に飛び出したのだ。

べつにギランのことを守る義理はないけれど、フィリアの安全を考えるなら、大元の襲撃者を排除してしまうのが一番良い。

俺はとりあえずの応急手当的な回復魔法をギランにかけたが、傷の度合いからしてすぐには戦闘に復帰できなさそうだった。

ギランはうめいた。

「逃げろ、ソロン。この皇宮を守るのは私たちの仕事だ」

俺より弱いのに何を言っているんだと思ったが、ギランの使命感の強さの現れだともとれる。

俺を見て、ポロスが「ほう」と感心したようにつぶやいた。

「私の風の斬撃魔法を防ぐとは、なかなかやるな」

「お褒めに預かり光栄ですね、伯爵殿」

「そういう君は魔法剣士ソロンか。その宝剣テトラコルドのことは、私も聞いたことがあるよ。あらゆる種類の魔法とスキルをかなり高いレベルまで強化するのだろう」

「残念ながら『かなり高い』どまりで、どれも一流とはいえませんが、強化の種類は豊富とはいえるかもしれません」

宝剣テトラコルドのおかげで、俺は詠唱なしにそれなりのレベルの攻撃魔法が使えるし、普通ぐらいの魔法攻撃なら耐えられるだけの防御力もある。

純粋な剣としての攻撃力も優秀で、おまけにいろいろと便利なスキルが付随してくる。

要するに器用貧乏の俺にぴったりの剣なのだ。

ポロスが厳しい口調で言った。

「ギランは私のことを正気でないと言った。だが、私に言わせれば、血にまみれた殺人者の皇帝に味方をすることのほうが狂気の沙汰なのだよ。君だって知っているだろう。七月九日の惨劇を」

七月九日の惨劇とは、帝国軍による民衆の虐殺事件だった。

二年前の夏、過酷な生活を送る人々は大挙して皇宮に押し寄せた。

彼らは武器も持たずに、皇帝の救いを求めていた。

しかし、その尋常でない様子を見た皇帝と側近たちは恐怖に駆られ、彼らの殺害を軍に命じた。

皇宮前の大通りには、軍の魔法攻撃によって虐殺された無数の市民の遺体が転がった。そのなかにはまだ幼い子どもたちも含まれていたという。

この事件をきっかけに。人々のあいだで皇帝に対する信頼は失われていった。

「七月九日を忘れるな。それが我々、七月党の合言葉だ。我々は悪しき軍人と政治家、そして皇帝たちを抹殺しなければならない」

その言葉は、ポロスが七月党の党員であることを示していた。

七月党は帝国政府を打倒しようとする革命政党だ。

君主制と奴隷制の廃止。身分による差別の禁止。すべての人民に対する富の平等な分配。隣国との即時講和による戦争の終結。

それが彼ら七月党の求めるものだった。

「七月党員に貴族がいるというのは噂で聞いていましたが、本当だったのですね」

「私は貴族だが、貴族だからこそ民衆を救う義務がある。君は皇帝の味方か、それともこの国の味方か？」

ポロスに問われ、俺は答えた。

「少なくとも、伯爵殿たちの味方ではありませんよ。こんなやり方で何が変わるんです。七月党は内務大臣を暗殺しましたが、それでも何も変わらなかった。たとえ、皇帝を殺しても、何も変わりません」

「変わるさ。すべてを破壊したその後にしか、真に理想の世界は来ないのだ。皇帝と首相ストラスには死んでもらう」

「そのために罪の無い皇宮の使用人を殺し、衛兵たちを殺したわけですか？」

俺は黒焦げになった給仕たちの死体と、切り裂かれた衛兵たちの死体を指さした。

ポロスは顔色も変えずに言う。

「必要な犠牲だ」

「そう言ってしまうなら、伯爵殿は伯爵殿の憎む皇帝たちと何ら変わりません。俺はあなたの敵だ」

それが戦闘開始の合図になった。

そして、七月党の襲撃者はポロス一人ではなく、すでに皇宮の各所でも戦いが始まっていた。

ポロスは古びた杖をでとんとんと床を叩いた。

すると、そこに魔法陣が展開され、緑色の光を放ち始めた。

そこから強風が巻き起こり、こちらに襲いかかる。

衛兵たちを一斉に殺したのは、この攻撃魔法だろう。

俺は宝剣を一閃させて、前へ踏み出して風のなかを突き進んだ。

風は俺の剣によってかき消され、俺はポロスめがけて剣を軽く振り下ろす。

ポロスは俺の攻撃を避けようと、後退した。

その隙に、俺は懐から呪符を取り出して、ポロスの魔法陣の上にばらまいた。

ポロスが俺に問う。

「なんの真似かな？」

「ちょっとした小細工だよ」

俺が言い終わるより前に、ポロスの魔法陣は暗転し、それから青色に輝き始めた。

ポロスはたぶん高位の魔術師だ。

まともに戦って勝てるかはわからないし、戦いが長引けば長引くほどこちらが不利になる。

だから、その前に策を使った。

ポロスは焦りの表情を浮かべた。

自分が生成した魔法陣が、予期しない変化をみせたのだ。

何が起こるのか、ポロスは警戒するだろう。

俺はポロスに向けて水魔法を撃ち、距離を詰めた。

ポロスは杖を振って、魔法の風を放って俺の攻撃を相殺する。

しかし、彼はますます輝きを増す魔法陣に気を取られたようだった。

次の瞬間、俺は加速してポロスの背後に回り込んだ。

ポロスがこちらを振り向く前に、俺は彼の背中に蹴りを入れた。

「なっ……！」

ポロスは体勢を崩し、魔法陣の上に倒れ込んだ。

同時に魔法陣から現れた大量の水の渦が彼を包む。

彼は俺の水魔法でできた障壁に拘束された。

ポロスは負けたのだ。

俺は彼に言った。

「殺しはしない。他に仲間は何人いる？」

ポロスは笑った。

「私の仲間は大勢いるとも。もう遅い」

ふたたび爆発音が響き、あちこちで炎が巻き上がった。

敵の魔術師、それも複数人が一斉に火を放ったのだろう。

入口側からも爆風が迫ってくる。

俺はその一部をかき消したが、会場中が燃え盛っていて、すべてを魔法剣で防ぐのは不可能だ。

振り返ると、ルーシィ先生がフィリアをかばいながら、大掛かりな水魔法を展開し、迫りくる炎を打ち消していた。

けれど、それでも間に合わない。ルーシィ先生は偉大な魔法使いだけど、「真紅」の異名のとおり、炎を使う側であって、水魔法があまり得意じゃない。

「ルーシィ先生！」

俺はルーシィ先生のもとに慌てて戻り、彼女の側面を襲う炎をなんとか宝剣で防いだ。

ルーシィ先生が疲れた顔で微笑する。

「出口が全部、塞がれているみたい。このままだと……」

全員、熱風に巻き込まれて死ぬことになる。

敵の攻撃魔法そのものは打ち消せても、酸素がなくなっては窒息死が避けられない。

七月党の狙い通り、帝室はほとんど死に絶え、そうなれば政治家もいなくなって帝国中枢は完全に崩壊することになる。

そうなったら、俺もルーシィ先生も、フィリアも死ぬことになるのだ。

フィリアが俺にしがみつき、潤んだ瞳で俺を見つめた。

そのとき、歌うような声がその場に響いた。

「神よ。われらをお救いください」

その言葉は教会式の魔術の詠唱だった。

同時に広大な範囲の炎が一瞬で消えた。

振り返ると、全身に光をまとった金色の髪の少女が、そこにはいた。

聖女ソフィアだ。

助かったよ、と俺は言いかけたが、ソフィアが泣きそうな表情なのを見て、思いとどまった。

ソフィアは翡翠色の大きな瞳でまっすぐ俺を睨んだ。

「わたしはソロンくんのことを許さないんだから！」

「へ？」

「わたし、すごく傷ついたんだよ」

「えーと、ソフィア？　なんの話？」

「わたしに何も言わずに騎士団からいなくなっちゃうなんて、ひどいよ」

俺のかつての仲間であるソフィアは、そう言った。

三話　聖女ソフィアの真実の想い

結局のところ、七月党の目論見は失敗に終わった。

新首相就任式に集まった皇帝、皇族、保守派の有力貴族や軍人、そして新首相ストラスらの大臣たちを皆殺しにするというのが、七月党の計画だったらしい。

そして、七月党の幹部たちが代わりにこの国を支配するはずだった。

けれど、彼らは失敗した。

宝剣エレアを手にした新首相ストラスの超人的な奮闘により、皇帝と大臣たちも無傷のまま守られている。

就任式がこんな事態になって幸先が悪いとも言えるが、就任前の彼に皇宮の警備上の責任はない。

むしろ皇帝たちを守った功労者として、ストラスの声望はますます上がることは間違いなかった。

一方で、聖女ソフィアたちの活躍によって火災も消し止められた。

襲撃直後にソフィアが姿を消したのもそのためで、テロだと判断して対魔法攻撃防御用の魔法陣を会場の要所に展開していた。

というのが、ソフィアの説明だった。

俺はなるべく自然な笑みを浮かべようと努力しながら、ソフィアに言った。

「さすが聖女ソフィア。的確な判断のおかげで俺たちも他の人たちも助かったよ」

「そんなことより……言うべきことがあるんじゃないの？」

ソフィアはぷいっと横を向き、頬を膨らませた。

そして、金色の美しく長い髪を右手で軽く触った。

ソフィアが怒っているときの癖だ。

聖女ソフィアといえば、聖ソフィア騎士団の団長として、数多くの難関遺跡の攻略に成功した英雄だ。

魔術師としても、魔法学校を首席かつ飛び級で卒業することに成功していた。帝国教会所属の魔術師としては五本の指に入る実力をもつと言われる。

そして、聖女ソフィアはその抜群の才能と同時に、その可憐な容姿でも有名だった。

金色の美しく長い髪に、不思議な明るさで輝く翡翠色の大きな瞳。そして純白の修道服。

印象的な美少女のソフィアは、賢者アルテとともに魔法学校の美少女トップツーをいつも占めていたし、冒険者となってからもその美しさはいたるところで話題になっていた。

そのソフィアが俺の目の前にいる。

ソフィアがかつての俺の仲間だからだ。

すでに戦闘は終わり、敵もすべて逮捕された。

俺たちは負傷者の救助に駆け回り、それがやっと落ち着いて、ようやくソフィアと話す時間ができた。

俺は気まずい感じでソフィアと向き合っていた。

その後ろでは興味津々といった感じで、フィリアとルーシィ先生が俺たちを見守っている。

俺は咳払いをした。

「えーと、ソフィア？　怒ってる？」

「うん。わたし、怒ってる」

「なにか誤解があると思うんだよ」

「ソロンくんがわたしをひとりぼっちにしたことは勘違いじゃないもん。探すの、すごく大変だったんだよ」

そう言ってこちらを見たソフィアは瞳に涙をためていて、すぐにでも泣き出しそうな感じだった。

今ではソフィアは圧倒的な実力をもつ聖女で、帝国の危機を救えるほどの強さがある。

でも、俺の目の前にいるソフィアは、魔法学校時代となにも変わらないように見えた。病弱で大人しい、儚げな雰囲気の少女が、俺の知っているソフィアだった。

頼りなかったソフィアはいつでも「わたしはね、ソロンくんがいないとダメなの」と言って、俺を頼りにしてくれていた。

でも、今のソフィアは俺よりも優れた冒険者だし、一人で的確な判断も下せる。

それにソフィアには婚約者の聖騎士クレオンがいる。

ソフィアが泣きそうな顔をして俺を見つめる理由なんて、ないはずだった。

ともかく、なにかがおかしい。

ソフィアは聖騎士クレオンと幹部たちの意見に同意して、俺を騎士団から追い出したはずだ。

今の俺では騎士団のレベルについていけずに死んでしまうことを心配して、ソフィアは俺の追放に賛成した。

そうクレオンは言っていた。

なのに、俺がいなくなったことをソフィアが責めるのは変だ。

それに、ソフィアは俺が皇女フィリアの家庭教師をしていると聞いて、騎士団団長の地位を利用して、この就任式に出席したという。

つまり、そこまでして俺を探しに来たのだ。

追放した人間に対する態度じゃない。

俺は試しにソフィアに言ってみた。

「ソフィアはひとりぼっちなんかじゃないよ。クレオンがいる」

「クレオンくんがどうかしたの?」

「だって、クレオンはソフィアの恋人で婚約者なんだよね?」

俺の言葉に、ソフィアが翡翠色の瞳を大きく見開いた。

そして、ソフィアは暗い声で言った。

「そ、ソロンくん。その話、誰に聞いたの?」

「クレオン本人からだよ」

「えっとね、本当に……クレオンくんがそう言ってた?」

俺は思い出した。

クレオンはソフィアと婚約したと言った。

そして、騎士団の内部でも町でも、クレオンとソフィアが付き合っていると噂していた。

総合すれば、俺の知らない間に、クレオンとソフィアが恋人同士になっていて、そして婚約したのだと思うのが自然だ。

そう言うと、ソフィアが首を横に振った。

「わたしはクレオンくんと付き合ってなんかいないよ」

「じゃあ、クレオンがソフィアと婚約したって言っていたのは……」

「嘘じゃないよ。でもね、わたしがクレオンと婚約したのって、わたしのお父さんたちが勝手に決めたことなの。名門貴族の聖騎士だから、クレオンを婿にするんだって言って」

貴族同士の政略結婚ということなら、昔ほどじゃないけれど、今でもたまにある。

クレオンの父とソフィアの父はどちらも帝国の有力貴族で、手を結ぶメリットは大きそうだった。

俺は呆然とした。

「でも、どっちにしても婚約したことだけでも、俺に言ってくれればよかったのに。なんで隠していたの？」

「だって……ソロンくんには知られたくなかったんだもん」

ソフィアが少し顔を赤くした。

それから、ちらりと上目遣いに俺を見た。

「ソロンくんは、わたしとクレオンくんが婚約したって聞いて、何も思わなかったの？　がっかりしたり、しなかった？」

「それはたしかに、がっかりしたけど」

そう言うと、ソフィアは「ほんと？」とつぶやき、嬉しそうな顔をした。

なにせ、ソフィアもクレオンも俺に婚約のことを打ち明けてくれなかった。

それに二人はずっと前から恋人同士だったのだと勘違いしたから、除け者にされたような気分になった。

だから、本当なら二人を祝福すべきなんだろうけれど、少し残念にも思ったのも事実だった。

もう二人は俺を必要としていないんだな、と。

ソフィアは安心したようにほっと息をついていた。

「よかった。ソロンくんがわたしのことを必要としなくなったわけじゃないんだ」

「俺を必要としなくなったのは、ソフィアだよね？」

「そんなことないよ。わたし、ソロンくんがいないとダメだもん」

「でも、俺のことを騎士団から追放することに賛成したって聞いたよ」

「ソロンくんが騎士団をやめるのに反対しないって言ったのはホントだよ。でもね、騎士団をやめるのはソロンくん一人じゃないよ」

ソフィアは柔らかく微笑んだ。

「だって、わたしもソロンくんと一緒に騎士団をやめるつもりだったんだもん」

俺はびっくりして、ソフィアをまじまじと見つめた。

そしてソフィアの言葉の意味を考えた。

ソフィアは俺と一緒に騎士団をやめるつもりだったという。

なら、ソフィアは騎士団をやめれば、ソフィアの名前を冠した「聖ソフィア騎士団」をどうするつもりだったんだろう？　それに、騎士団をやめれば、団長としての力も権威もなくなってしまう。

俺はおそるおそる口を開いた。

「あの騎士団はソフィアとクレオンと俺が数年かけて作ったんだよ。帝国最強なんて呼ばれた騎士団をやめるなんて……」

「考えられない？」

とソフィアに問い返された。

たしかにクレオンたちに追放を言い渡されるまで、俺は騎士団をやめるなんて考えもしなかった。

せっかくここまで強い組織を育てて、副団長として名声と力を手にしたのだ。

このまま進めばあらゆる遺跡を攻略でき、そして遺跡から得られる利益で人々を助けることもできると思っていた。

でも、と俺は考え直す。

俺は後ろにいるフィリアたちを振り返った。

冒険者をやめたことで、遺跡攻略での死の危険もなくなったし、騎士団運営の雑務からも解放された。

そもそも騎士団では役立たずと言われて追い出されたように、戦闘にも貢献できていなかった。

逆に、ここには俺を必要としてくれる人たちがいる。

クレオンたちから追放されなくても、やめるというのは悪い選択肢じゃなかった。

今はそう思う。

俺はソフィアに手短に経緯を話した。

クレオンとアルテたちが俺を器用貧乏の役立たずだと言って、騎士団の追放を言い渡したこと。

そして、そのときにソフィアも追放に賛成しているとクレオンから聞いたこと。

ソフィアはそれを聞いて、ため息をついた。

「クレオンくんが誤解させるような言い方をしたんだね」

「どういうこと?」

「わたしはね、クレオンくんから相談を受けたの。ソロンくんは騎士団をやめたほうがいいってね。殺されたシアちゃんみたいに、ソロンくんが死んでしまうかもしれないから」

そう言ったとき、ソフィアの顔には若干の陰がさした。

シアはかつての俺たちの仲間だった女の子だ。まだ騎士団なんて名乗る前の、少人数のパーティーだったころに、シアは俺たちの仲間に加わった。

ソフィアよりひとつ年下の幼い魔法使いで、師匠が亡くなったのと同時に冒険者となろうと決意したのだと言っていた。

明るくて素直な良い子だった。

そしてシアは遺跡で敵に殺された。

ソフィアにとってはシアは妹みたいな存在だったし、その死を説得に持ち出すというのは、効果的な説得方法だろう。

「それでソフィアは、弱い俺が傷つくことを怖れて、俺を追い出すことに賛成したってこと？」

ソフィアは困ったような顔をした。

「えっと、たしかにわたしのほうがソロンくんよりちょっとだけ強くなったかもしれないよ。でも、それだけのことなら、昔はソロンくんがわたしを守ってくれていたんだから、今度はわたしがソロンくんを守ればいいんだよ」

「ソフィアが足手まといを守りながら戦う必要なんてないよ」

「ううん。ソロンくんがいなかったら、今でもわたしに団長なんてできないんだもん。わたしはソロンくんにいてほしいから、ソロンくんを守る。それはわたし自身の願いだもの。でもね」

そこでソフィアは言葉を切った。

ソフィアは翡翠色の瞳で俺をじっと見つめた。

何かを怖れるような色がその瞳には浮かんでいた。

「わたしは怖くなったの。遺跡で戦うのってすごく危険なことだよね。大勢の魔族の敵を倒して、簡単には引き返せないほど地下深くまで進んでいく」

「たしかに危険なことだよ。でも、俺もソフィアもわかってやっていたことだ。遺跡を解放すれば資源も土地も財宝も手に入るし、それで多くの人たちを救える」

「わかっていたよ。でも、もう十分だって思ったの。お金も名誉も力も手に入ったけど、この先にわたしの求めるものはないし、死んじゃったら何も残らないから。ソロンくんは約束のこと、覚えている？」

「約束？」

「わたしとソロンくんとの約束だよ」

そうだ。

俺たちは魔法学校の同級生として、最初の学年のときに一つの約束をした。

二人で一緒に帝国最強の冒険者になって、自分たちの居場所を作ろう。

それが約束だった。

当時のソフィアは家族にも同級生にも疎《うと》んじられていて、居場所がなかった。

貴族でもなんでもない俺は、魔法学校にこそ入学できたけれど、将来の自分が成功しているところを想像できなかった。

だから、その約束は、幼い女の子だったソフィアにとっては遠い願望で、平凡な俺にとっては無謀な理想だった。

ソフィアは優しく微笑んだ。

「約束は半分かなったよ」

「半分？」

「わたしたちは帝国最強の騎士団の一つを作ったもの。でも、もう半分の約束がかなっていないよ」

約束の前半は帝国最強の冒険者になること。

約束の後半は自分たちの居場所を作ること。

ソフィアの言う約束の半分は、後半のことだ。

俺は首を横に振った。

「ソフィアには居場所があるよ。あの騎士団はソフィアのものだ」

「違うよ。約束はね、わたしとソロンくんの居場所を作るってことでしょう?」

そう言うと、ソフィアは俺の手を握った。

そして、ソフィアは翡翠色の瞳で俺をまっすぐに見つめた。

「願いをかなえる道は一つだけじゃないよ。だから、わたしは騎士団をやめるの」

ソフィアの小さな手が、俺の手を包み込む。

動揺した俺がソフィアを見ると、ソフィアはいたずらっぽく、くすりと笑った。

ソフィアが騎士団をやめたいと言うのなら、俺はその意志を尊重したい。

けれど、現実には面倒な問題が山積みだ。

「そう簡単には騎士団をやめられないよ」

俺のつぶやきに、ソフィアがうなずいた。

「わかっているよ。でも、ソロンくんと一緒にいることのほうが大事だもん」

そう言ってくれるのは嬉しいけれど、多くの人はソフィアが騎士団団長をやめることに反対すると思う。

まず、聖ソフィア騎士団内部の人々だ。

騎士団にとって、聖女ソフィアは攻守ともに戦力として欠かせない存在だった。

さらに、ソフィアは騎士団の象徴的存在だから、ソフィアなしの騎士団は内外での求心力を失ってしまう。

賢者アルテのように、ソフィアに心酔している団員も多い。

つまり、騎士団幹部たちは「はい、そうですか」と言って、ソフィアが騎士団を抜けることを許さない。

加えて、クレオンはソフィアの婚約者として、ソフィアを連れ戻しに来るだろう。

公私ともにソフィアを守ると宣言していたのだから、クレオンはソフィアに好意を持っているのかもしれない。

そうでなくても、婚約者に逃げられたとなれば、クレオンのプライドも傷つくだろうし、周りからのクレオンの評判も落ちるはずだ。

帝国教会はソフィアに聖女の称号を付与しているが、同時に教会はソフィアに冒険者として高い成果を挙げることを求めている。教会はソフィアが騎士団団長を続けることを望むはずだ。

そして、忘れてはならないのが、ソフィアの父である帝国侯爵だ。

彼は俺たちのすぐそばにいた。

「ソフィア、なぜおまえがここにいる」

暗い声が低く響いた。

俺たちが一斉に振り向くと、そこには背が高く、深い髭を生やした壮年の男が傲然《ごうぜん》と立っていた。

ソフィアの父、帝国侯爵ゴルギアスだ。

有力貴族であるソフィアの父がこの就任式に出ていることは予想できた。うかつだった。

ソフィアが怯えたように俺の後ろに隠れた。

「いま、騎士団をやめると話していたな。それもこんな男のためにか」

会話の一部始終を聞かれていたらしい。

ゴルギアスは無造作に俺のことを指さし、蔑むように見た。

失礼じゃないか、と思ったが、俺はあえて何も言わなかった。

ソフィアの父には会ったことがあるが、以前から、傲慢で偏狭な人間だった。

「おまえのわがままを聞いて、せっかく自由にさせてやったのに、どういうことだ?」

「だ、だって、お父様だって、最初はわたしが冒険者になることに反対していたじゃない!」

ソフィアが震える声で反論する。

聖女ソフィアと呼ばれて、最強の冒険者の一人となっても、ソフィアにとって父親は恐ろしい存在のようだった。

幼い頃から聡明すぎたソフィアは家族に疎んじられていて、特に父のゴルギアスからは嫌われていた。

魔法学校に飛び級で入ったのも、家族に厄介払いされたようなものだ、とソフィアは言っていた。

ゴルギアスは失笑した。

「ああ。親である私の反対を押し切って、おまえは冒険者になったのだ。本来であれば、あのときおまえを無理やり家に連れ戻すこともできた。そうしなかったのは、冒険者になれば、侯爵家に貢献できるとおまえが言ったからだろう。なのにいまさらやめるのか？」

「それは……」

「おまえの騎士団は国と教会に認められ、そしてたくさんの金を生む。それが我が侯爵家に役立つから、おまえの勝手な行動を認めてきたのだ。なのに、いまさら、騎士団をやめたいだと？」

ソフィアが俺の服の袖をぎゅっと握った。

俺はゴルギアスの正面に立ち、彼に言った。

「ソフィアはソフィアの意思があります。娘さんの気持ちを尊重してあげないんですか？　お金のことでしたら、もう十分儲けたでしょう？」

ソフィアが冒険者をすることを認める代わりに、侯爵はソフィアから莫大な額の金銭を受け取っていた。

それはソフィアが騎士団の活動で手にした財宝だ。騎士団は遺跡攻略によってかなりの財宝と資源売却による利益を手にしていて、それを団員たちに分配していた。

本来なら、それはソフィアのものだけれど、その多くをソフィアは父に差し出してきた。

もう十分のはずだ。

ゴルギアスは首を横に振った。

「おまえのような平民の小僧に言われる筋合いはない。騎士団をやめるのは、まあいいかもしれん。

だが、もともと私は魔法学校を出たらソフィアをどこかに嫁に出すつもりでいたのだ。数年待ってやった。だから、私が用意した縁談にも従ってもらう」

クレオンとの婚約のことだ。

名門貴族の息子であるクレオンとの婚約はそれ自体でも政治的な価値がある。

そのうえ、同じ騎士団の仲間同士で結婚させれば、侯爵はさらに騎士団から上がる利益を手にすることができる。

「ソフィアのことを、何も考えていないのですね。それに、さっきの戦いでも、ソフィアの活躍があってあなただって助かったはずなのに、労いの言葉一つないのですか」

俺が言うと、ゴルギアスは薄く笑った。

「そういうおまえは何の権利があって、ソフィアのことに口出しするんだ？　私はソフィアの父親だぞ。ソフィアになんでもいうことを聞かせられる権利があるのだ」

俺は言葉を失った。

平民はともかく、貴族にとって、父親の言うことは絶対だ。

将来の職業も、婚姻の相手も、父の意向に従わなければならないのだ。

「来い、ソフィア。これからは勝手はさせんぞ」

ゴルギアスがソフィアの腕をつかんだ。

嫌がるソフィアが俺を見て、助けて、というふうに目線で訴える。

でも、どうすればいいのか。

この場でゴルギアスに実力行使をして、ソフィアを救い出すというのは難しい。

彼はソフィアの父親だ。この会場には多くの貴族が集まっていて、彼らはゴルギアスの行いを支持するだろう。

なのに、俺がゴルギアスに暴力を振るって無理やり止めようとすれば、俺もソフィアも今度こそ本当にどこにも居場所がなくなる。

ゴルギアスよりも高い地位の者であれば、彼を止めることができる。

その父親としての権利よりも優越するほどの力を、帝国法で認められている人物がソフィアを解放すればいい。

帝国侯爵より上位の存在。

それは、たとえば、皇族だった。

それまでずっと黙っていたフィリアが、口を開いた。

「ゴルギアス侯爵。ソフィアさんはわたしのお客さんだよ？　離してもらえないかな」

フィリアが綺麗な声でゴルギアスに命じた。

帝国侯爵ゴルギアスは怪訝な顔をして、フィリアを振り返った。

そして、フィリアの胸元につけられた銀色のブローチを見て、驚いた表情をした。双頭の鷲《わし》をかたどったそのブローチは、フィリアが皇族であることを示していた。

近くに皇族がいることに気づいていなかったのだろう。

ゴルギアスは慌てて居住まいを正した。

「これはこれは、初めてお目にかかります。第十七皇女の……イリス殿下？」

ゴルギアスは自信なさげにそう言った。

何十人もいる皇帝の子どもの顔は、貴族ですら覚えていない。

ゴルギアスも例外ではなく、フィリアの名前を間違った。

フィリアはくすりと笑った。

「惜しいね。イリスはわたしのすぐ上の姉。わたしは第十八皇女のフィリアだよ？」

「これは失礼いたしました。して、皇女殿下がわが娘に何の御用で？」

「言ったはずだよ。ソフィアさんはわたしの客人だって。だから、侯爵にはこの人を連れ去る権利はないの」

「しかし、殿下、私はこの娘の父ですぞ」

「侯爵がソフィアさんの父親にふさわしいとは思えないよ」

「いかに殿下といえども、家族のことに勝手な口をはさまないでいただきたい」

ゴルギアスが憮然《ぶぜん》とした表情をみせた。

けれど、フィリアはそれを気にもとめず、ソフィアの前に立ち、微笑んだ。

一方、人見知りのソフィアは、落ち着かない様子でフィリアを見つめていた。

フィリアがソフィアに問いかけた。

「どうかな？　ソフィアさんはわたしに仕えるつもりはない？」

皇女フィリアが高名な聖女ソフィアを客人として招き、そして彼女を従者として扱う。

この提案は、たしかに現状の問題を解決するもっとも良さそうな手段だった。

いくらフィリアが冷遇されているといっても皇族には違いない。

こうすれば、侯爵はもちろん、騎士団や教会も、少なくとも公の場ではうかつにはソフィアに手を出せない。

迷ったような顔をしたソフィアに、俺はうなずいてみせた。

ソフィアはたどたどしい声で、フィリアに答えた。

「で、殿下の申し出、ありがたく……受けさせていただきます」

これでソフィアはフィリアの従者となった。

思わぬ妨害が入った侯爵は絶句していたが、やがて忌々しげに俺たちを見ると、何も言わずにその場から離れていった。

俺は安堵のため息をついた。

「フィリア様、助かりました。でも、よろしかったのですか？　侯爵にあんなふうに言ってしまって……」

「ソロンはこの人のことを助けてあげたいんでしょう？　なら、わたしもその人のことを助けてあげなくちゃ。わたしはソロンに助けられてきたんだから。ソフィアさんはわたしの従者になるんだから、皇宮に部屋を用意しないとね」

そして、フィリアはいいことを思いついた、というようにくすくすっと笑った。

「でもね、ソロンと同じ部屋で一緒に住むのはわたしだけだよ？」

「一緒に住んでる？」

ソフィアがきょとんとした顔をしてつぶやき、それから俺とフィリアを見比べた。

「どういう意味ですか？」

とソフィアはフィリアに問いかけた。

「言葉のとおりだよ？　わたしの隣でソロンが寝ているの」

フィリアは綺麗に微笑んだ。

わざと誤解させるような言い方をしているのは、フィリアの悪戯心なんだろうか。

俺は頭を抱えた。

ソフィアは頬を赤く染めて、俺に詰め寄った。

「そ、ソロンくん。皇女様と一緒に住んでるって、どういうことかなあ？」

「えーと、話せば長くなるんだけど、ソフィアが想像しているような感じじゃなくてね」

説明しかけた俺の言葉をさえぎり、フィリアが楽しそうに口をはさんだ。

「わたし、朝もソロンに起こしてもらってるんだよ？　起きたらソロンが優しく抱きしめてくれて、それにキスもしてくれるの」

フィリアが目をきらきらとさせ、「どう？」と言った感じでソフィアに問いかける。

今朝のことなら、俺がフィリアを抱きしめたというよりフィリアが俺に抱きついたというのが正しかった。

キスといってもフィリアの頬に軽くしただけだった。

でも、ソフィアはもちろんそんなことは知らない。

誤解したはずだ。

ソフィアは顔をますます真っ赤にした。

「わ、わたし、やっぱりソロンくんのこと許さないんだから！　わたしには一度もそんなことしてくれたことないのに！」

俺は困って目をさまよわせた。

一人だけずっと黙ったままのルーシィ先生が目に入る。

彼女はひとり、深刻そうな顔をして物思いに沈んでいた。

四話　クラリスたちを守るための最良の手段

その日の夜、俺はクラリスと今後のことを相談していた。

七月党襲撃事件によって皇宮はあちこちがボロボロになっていて、フィリアと俺の部屋も半分ぐらいが爆風によって壊されている。

なので、フィリアとソフィアはとりあえず客室で待っていてもらい、俺とクラリスは使用人居住エリアの廊下で立ち話をしている。

ちなみにルーシィ先生はなにやら帝国高官に呼び出されたらしく、姿を消した。

幸い、クラリスは七月党襲撃事件のときは外出する予定があり、皇宮を離れていた。

だから、クラリス自身はいっさい事件に巻き込まれていない。

けれど、知り合いのメイドの何人かが行方不明らしく、クラリスは落ち込んでいた。

「皇宮は神聖不可侵の場所で、この帝国で一番、安全なんだって、あたしは信じていました」

クラリスはつぶやいた。

もはや皇宮は安全な場所だとは言えない。

七月党をはじめとする過激派による襲撃は相次いでいるし、この前だって義人連合によるフィリアの誘拐未遂があった。

帝国の威信は間違いなく揺らいでいる。

それは俺たちの今後にも関わってくる問題だった。

俺はクラリスに経緯を説明して、ソフィアの部屋を用意できるか確認していた。

フィリアの従者となった以上、ソフィアにもここに住んでもらうのが自然だ。

ただ、クラリスは上位の女官にお伺いを立てて戻ってきたけれど、結果は芳《かんば》しくないものだったようだ。

「ソフィア様の部屋なんですけど、やっぱり用意できなさそうです」

クラリスは残念そうに言った。

当然といえば当然で、かなりの部分が破壊された皇宮に、新たに人を迎え入れる余裕など無い。

混乱は続いていて、ソフィアどころか、フィリアと俺の新しい部屋すらすぐには用意できなさそうだった。

さらに、フィリアは母親の問題もあり、皇女のなかでもあまり格が高い方ではないし、その希望がすんなり通るとは限らない。

加えて、ソフィアの父、ゴルギアス侯爵の圧力もあるかもしれない。

公の場では皇女に楯突《たて》くことができなくても、裏から政治的な力を使って、ソフィアがフィリアの従者となることを妨害はできる。

ゴルギアス侯爵は政治力も資金力もある有力貴族だ。実質的な権力でいえば、皇女フィリアよりもはるかに上を行く。

ソフィアが騎士団をやめるためには、まだまだ問題が山積みだということだ。

さしあたってはソフィアの住居をなんとかしなければならない。

ソフィアが騎士団に連れ戻されないようにするなら、ソフィアが皇女フィリアのそばにいることは絶対に必要だ。

俺は額に手を当てた。

「うーん。例えば、俺とフィリア様の部屋にソフィアも住んでもらうとか……」

「却下です、却下。美少女二人はべらせて、ソロン様はハーレムでも作るつもりなんですか？」

「いや、そんなつもりはないけど……」

まあそもそも二人用の部屋では狭すぎる。

それに政治的な圧力がかかればソフィアが皇宮に留まること自体、拒絶されるかもしれない。

クラリスはにやりと笑った。

「ちなみにソロン様。フィリア様とソフィア様の二人の美少女の他に、三人目の美少女がいることを忘れないでくださいね」

「三人目って？」

「あたしのことに決まっているじゃないですか！」

「ええ……？」

自分で美少女だなんて言う？　というう意味のつぶやきだったのだけれど、クラリスは別の意味に受け取ったらしい。

クラリスはちょっとしょんぼりした表情をした。

「あ、ひどいです……。あたしが美少女ではないっていうんですね？」

「いや、べつに、クラリスさんは可愛いと思うけど……」

俺が慌てて補足した。

クラリスがけっこう可愛いと思うのは本心だ。

俺の言葉を聞いて、クラリスは表情を明るくし、そして、くすりと笑う。

「ホントにあたしのこと、可愛いって思ってます？」

「本当にそう思ってるよ」

「なら、もっと具体的に言葉にしてみてください」

ソフィアの部屋のことを相談しに来て、なんで俺はクラリスの可愛さを褒め称えることになっているんだろう？

疑問に思ったが、深く考えても仕方ないのでやめにした。

俺はクラリスを上から下まで眺めた。

こちらの視線に気づいたのか、クラリスが赤面する。

「ソロン様、あたしのこと、いやらしい目で見てますね？」

「そんな目で見てないよ……。でも、クラリスさんはいつも元気いっぱいで、表情も豊かだし、見ていて楽しいよ。それに親切で優しいよね」

「さすがソロン様！　よくわかっていますね！　でも見た目も褒めてください！」

俺はクラリスをもう一度見た。

たしかにクラリスは美少女だ。

フィリアやソフィアほど目立たないけれど、顔立ちも整っている。かなり小柄だけど、そこも守ってあげたくなるような可愛らしい雰囲気を出していた。

それに。

「その亜麻色の髪、とても綺麗だと思う」

俺が言うと、クラリスはえへへと笑った。

フィリアも綺麗だと言っていたけど、クラリスにとっても自慢の髪なんだろう。

クラリスは嬉しそうな表情を浮かべたまま、俺に一歩近づいた。

「ねえ、ソロン様。わたしの髪、撫でてください」

「へ？」

「ソロン様はわたしの髪のこと、綺麗だと思うんですよね。撫でてみたいと、思いませんか？」

クラリスが甘えるように俺に問いかける。

話の流れからして、「特に興味ないよ」とは答えづらい。

それに俺もクラリスに親しみを持っているし、別に何も悪いことをするわけじゃない。

俺は周りに誰もいないことを確認すると、そっとクラリスの頭に手を置き、そっとその髪を撫でた。

クラリスはうつむき加減になって、されるがままになっていた。

「ソロン様の手、大っきくて気持ち良いです」

「それは何より」

「ソロン様、照れてます？」

「照れてるのはそっちだよね？」

クラリスはますます頬を赤くしていたし、俺もたぶん赤面していたはずだ。

山賊に襲われたときも、義人連合の誘拐のときも、俺はクラリスを助けることができた。

でも、この先も皇宮やフィリアは襲われる可能性があって、そのときクラリスが巻き込まれてひどい目にあうかもしれない。

この皇宮は広いし、いつも俺がクラリスの側にいるわけではないからだ。

「あたし、不安なんです。二度も怖い目にあいましたし、今度は皇宮がこんなふうになっちゃいました」

クラリスは俺に頭を撫でられたまま、ぎゅっと俺の身体にしがみついた。

死の危険は遺跡のなかだけにあるわけじゃない。

クラリスが不安に思うのも当然だ。

上目遣いに、クラリスが俺を見る。

「ソロン様はあたしのことを、それにフィリア様のことを、この先も守ってくれますか？」

「二人が危険な目にあっていたら、俺は力の限りを尽くして助けるよ」

絶対に守る、とは言えない。

いつ何が起きるかはわからないし、敵がどんな存在かもわからない。

だから、俺がフィリアやクラリスを必ず救い出せるなんて、約束はできない。

でも、最善は尽くすつもりだ。

フィリア、クラリス、それにソフィアを守るために、最も良い手段はなにか。

「クラリスさんはさ、皇宮の外で暮らすのは嫌かな？」

「どういうことですか？　ソロン様と一緒の家にでも住みます？」

クラリスが冗談めかして言った。

けれど、これは冗談じゃない。

俺はうなずいた。

「そのとおり。俺と一緒の家に住んでほしい」

クラリスは驚いた顔をして、それから慌てふためいた。

「ぷ、プロポーズですか？」

「ごめん。そういう意味じゃなくて」

俺は失言に気づいて、補足したけれど、クラリスの耳には届いていないようだった。

クラリスは目をくるくるさせていた。

「う、嬉しいですけど、で、でも、フィリア様を置いていくわけにはいかないです」

「なら、フィリア様も連れて行くのだとすれば？」

「へ？」

クラリスが固まった。

直面している住居問題を解決し、かつフィリアたちを守る最良の手段を、俺は述べた。

「フィリア様、ソフィア、クラリスさん、そして俺。この四人で一緒に、俺の屋敷に住むんだよ」

クラリスは俺の言葉を理解できないといった感じで、さらにしばらく固まっていた。

まあ、たしかに意外だとは思う。

皇女フィリアを皇宮から連れ出し、平民である俺の屋敷に住まわせる。

普通なら、非常識な手段だ。

けれど、今はこれが一番、効果的な方法だ。

「もちろん、実現可能性もちゃんとあるよ」

俺が念のため言ってから、しばらく待っていると、クラリスは硬直状態から抜け出して、そして信じられないという顔で言った。

「そ、ソロン様のお屋敷⁉　ソロン様って帝都におうちを持っていたんですか⁉」

「気にするところがそこ？」

「だ、だって、ソロン様って辺境の公爵領出身なんですよね。学校時代は帝都にいたけど寮生活で、騎士団の本部は東方の港都にあります。帝都にお屋敷なんてありそうもないって思っちゃいますよ」

「まあ、うん、そのとおり。俺の屋敷なんてないよ」

「え？　でも、さっき『フィリアもソフィアもクラリスも、三人まとめて俺の女にして可愛がってやるから、俺の屋敷に住め！』って言ってたじゃないですか」

「そんなこと言ってないよ……。クラリスさんのなかの俺のイメージって、そんな鬼畜な感じなわけ？」

「冗談ですよ。あたしの知っているソロン様は、とっても優しい方です」

そう言うと、クラリスは柔らかく微笑んだ。

不意打ちでそんなふうに言われると、照れるのだけれど。

案の定、クラリスは俺をからかってきた。

「ソロン様、照れてます？」

「クラリスさんのせいでね」

「あたしのせいでソロン様が照れるって、ちょっと嬉しいですね」

「嬉しい？　なんで？」

「わからないんならいいんです。……っと、そうでした。本題はソロン様のお屋敷の件です。危うく別の話題で誤魔化されるところでした」

「いや、クラリスさんが冗談で話をそらしたんだよ」

俺のささやかな抗議にかまわず、クラリスは俺に問いかけた。

「それで、なんで帝都にお屋敷なんてないのに、『三人まとめて俺の女にして可愛がってやる！』なんて言ったんですか？」

「言ってないから！　……えっと、俺は三人に同じ屋敷に住んでほしいとは言った。なぜなら、ソフィアは皇宮に住めない可能性が高いからね。さらに、皇宮のなかにはフィリア様の敵がいっぱいで、しかも、いつ過激派の襲撃対象になるかわからない。それなら、皇宮の外に出ればいい」

「それで住むのがソロン様のお屋敷ってことですか？」

「そのとおり。こちらには聖女ソフィアがいるし、魔術結界を厳重に張っておけば、そう簡単に敵ははいってこれない。少なくとも、衛兵隊よりはずっと当てになる」

細かい問題は多々あれど、これが最善の方法だ。

フィリアのそばにいれば、ソフィアは皇女の従者という身分で、自由に行動できる。

逆にフィリアを守る際は、ソフィアの力を借りればいい。

なにせソフィアは聖ソフィア騎士団最強の冒険者だ。これほど心強い存在はいない。

そして、皇女フィリアの専属メイドのクラリス。フィリアにとって、彼女はなくてはならない存在だ。

そして、三人の護衛として俺がいる。フィリアとクラリスは戦闘面では無力だ。

ソフィアにしても、絶大な力を持っているとはいっても完璧というわけじゃない。

ソフィアは攻撃魔法と回復魔術に特化した聖女だ。

それ以外の面、特に防御面では、俺も多少はソフィアの役に立つことができる。

騎士団の団員のなかには、ソフィアにとってもっと頼りになる補佐役がいるとは思うけれど。

例えば、聖騎士クレオンだ。

でも、ソフィアは望んで騎士団を去った。ここには俺しかいないのだから、俺とソフィアが組んで戦うことになる。

客観的に見れば、聖ソフィア騎士団の元団長ソフィアと元副団長ソロンのコンビに勝てる冒険者はあまりいないはずだ。

「でも、問題はそのお屋敷ですよ。存在しないお屋敷に住むことはできません」

「クラリスさんの言う通り、いまは俺の屋敷なんて帝都にはないよ。でも、それなら用意すればいいと思わない？」

「家を買うんですか？　……そんなお金、フィリア様には出せませんよ。ソロン様の給料を払うだけで精一杯なんですから」

「たしかに金はかかるね。それに、皇宮を出れば、フィリア様に割り当てられている皇室予算だって、削られるかもしれない」

外に出た人間に皇室費を払う理由はない。

財政難の帝室は、喜んでフィリアへの皇室費の支給を減らすだろう。

ただでさえ、皇女は大勢いるし、合計するとかなりの額の予算が使われている。

逆に言えば、皇室費支給減額と引き換えに、帝室と政府はフィリアが皇宮の外で暮らすのを喜んで認めるはずだ。

皇宮の崩壊もあって、皇子や皇女の一部は母方の実家である貴族屋敷に避難するだろうし、そういう意味でも、皇族の皇宮からの離脱も珍しくなくなるだろう。

問題として残るのは、やはり金の問題だった。

俺は言った。

「べつに資金面でフィリア様を頼るつもりはないよ」

「じゃあ、どうするんです？　ソロン様があたしたち三人の住む家を買ってくれるんですか？」

くすくすっと笑い、クラリスが冗談めかして言った。

俺は笑わずにうなずいた。

「そういうことになる。屋敷は俺が個人的に購入するよ」

「ホントですか？　で、でも、すごい金額のお金ですよ」

「冒険者はね、普通にやっていても儲かるけれど、うまくやればもっと儲かる。例えば、財宝を売りさばく商人を自分の傘下におけば、そこから上がる利益も手にすることができる」

「つまり、ソロン様もそうしてお金を手に入れてきたってことですか？」

「そのとおり。だから、帝都に屋敷を買うぐらいは、なんてことはないよ」

帝国最強の冒険者集団の副団長という地位がもたらす富はかなりのものだった。

大豪邸を買うということでないかぎり、俺の財産総額からすれば、屋敷の購入なんて、本当に大したことじゃない。

フィリアたちの問題を抜きにしても、帝都で暮らし続けるつもりなら、屋敷の一つを持っておいても損じゃないということもある。

本当ならソフィアもかなりの財産を持っているはずだけど、ソフィアは騎士団に財産を預けているし、正式に脱退せずに騎士団を抜けてきた事情を考えると、その財産をどれだけ確保できるかは怪しかった。

クラリスが感心したようにつぶやいた。

「さすがソロン様。ホントにハーレム作れちゃいますね」

「作らないけどさ、肝心なことを聞き忘れていた。クラリスさんはさ、本当にそれでいい？　俺の提案に賛成してくれるかな。クラリスさんは、この皇宮に残ることだってできるんだよ」

「あたしが反対すると思います？　あたしはソロン様が最善だと思っていて、それがフィリア様のためになるなら、大賛成ですよ。皇宮にいるのも不安ですし、ソロン様のそばなら安心できますから」

そう言うと、クラリスは上目遣いに俺を見た。

「わかっていると思いますけど、私のことはメイドとして雇ってくださいね？」

「もちろん。メイドとしてのクラリスさんを、俺もフィリア様も必要としているからね」

「はい！　あ、でも、一つだけ言いたいことがあります」

そう言うと、クラリスはいたずらっぽく瞳を輝かせると、俺の耳元でささやいた。

「本当にプロポーズしてくれるなら、それでもいいんですよ」

「さっきは誤解させるような言い方をして悪かったよ」

「あたしとソロン様が結婚したら、フィリア様はあたしたちの娘みたいな感じですね」

一瞬、こないだフィリアとやった父と娘ごっこのことを、クラリスが知っているのかと考えたけれど、そんなわけはない。

クラリスは笑いながら続けた。

「きっと幸せな家庭になります。フィリア様は可愛いですし！」

「そういう問題？」

「ソフィア様は、そうですね、ソロン様の妹でしょうか。これで四人家族の出来上がりです！　ね、あなた♪」

一瞬、俺のことを「ソロンお父さん」と呼ぶフィリアと、「ソロンお兄ちゃん」と呼ぶソフィアが頭に浮かぶ。

俺は妄想を振り払おうと、首を横に振った。

クラリスは俺の様子を見て、楽しそうにくすくすっと笑った。

そして、弾んだ声でクラリスが言う。

「冗談ですよ」

†

俺と皇女フィリア、メイドのクラリス、そして聖女ソフィアの四人は、一軒の屋敷の前に立った。

重厚な赤レンガの建物が、夕闇に溶け込んでいる。

ところどころの壁には蔦《つた》が生えていた。

屋根についた尖塔には、金色の風見鶏がついていて、少し目立っている。

決して豪邸とは言えないけれど、準男爵クラスの下級貴族が住んでいてもおかしくはない程度には、きちんとした屋敷だ。

これが俺の買った屋敷だった。

結局、聖女ソフィアの皇宮居住は拒絶され、一方で皇女フィリアの皇宮外での居住は認められた。

だから、これから俺たち四人はここに住むことになる。

「カッコいい建物ですね」

クラリスが門の扉を開きながら、嬉しそうに言う。

この屋敷には広くはないけれど、ちゃんと庭園もついていて、門から玄関まで行くには庭園を横切っていくことになる。

俺は歩きながらクラリスに答えた。

「大貴族の屋敷にははるかに及ばないよ」

「わたしは、そういう豪邸よりもこのお屋敷のほうが好きだなあ」

ソフィアが控えめに、でも明るく言った。

幼いソフィアはまさに大貴族の屋敷に住んでいた。そして、そこでは良い思い出がなかったのだろう。

でも、まだ建物のなかに入ってもいないのに判断するのは早すぎると俺は思った。

俺がソフィアにそう言うと、ソフィアは首を横に振った。

「ソロンくんがわたしのために用意してくれたお屋敷ってだけで、わたしはこの建物のことが好きになれそう」

ソフィアは柔らかく微笑んだ。

そう言ってくれるのは嬉しいけれど、ここに住むのはソフィア一人じゃない。

「『わたしのため』じゃなくて、『わたしたちのため』だよ？　ソフィアさん？」

フィリアがくすくす笑って訂正する。

聖女ソフィアは慌ててうなずいた。

「も、もちろんです。皇女殿下」

皇女フィリアと聖女ソフィア。

この二人がうまくやっていけるかどうか、俺はちょっと心配していた。

とりあえずクラリスは問題ないと思う。

明るい性格で誰とでも割と仲良くやっていけそうだ。

それに、クラリスは聖ソフィア騎士団に対する憧れを持っていた。だから、クラリスは副団長の俺だけじゃなくて、団長の聖女ソフィアのことを尊敬しているようだった。

けれど皇女フィリアは違う。

フィリアは自由奔放な性格だし、クラリスと違って、聖女ソフィアに対する憧れはあまりないみたいだった。

フィリアの関心は不自然なほど俺一人に注がれている。それは俺とかつて会ったことがあるというあたりが関係しているのかもしれないけれど、よくわからない。

一方、聖女ソフィアも人見知りで、引っ込み思案な性格だ。

フィリアとは性格が正反対なので、気が合うかはわからない。

気にしているうちに、いつのまにか玄関についた。

この屋敷は帝都の郊外にあって、もともとはある貴族の子が住んでいたという。

だが、彼は決して治らぬ、重病に陥り、世を儚んで自殺した。

それ以来、彼の怨念がついているとか言われて、この屋敷はずっと買い手がついていなかった。

つまり、幽霊物件なのだ。

俺は幽霊なんか信じていないし、魔術結界を張るのに向いていて、かつ安いこの屋敷を購入することにためらいはなかった。

でも、聖女ソフィアは幽霊を怖がって、夜も眠れなくなるかもしれない。

あるいは、皇女フィリアは幽霊を面白がって、その正体を探しに行こうと言い出すかもしれない。

だから、フィリアとソフィアには幽霊話はいったん話していない。

クラリスは室内を見て、つぶやいた。

「意外と綺麗ですね。片付いていますし。でも、寝室をどうするかは決めないといけません」

クラリスが部屋の間取り図を指差した。

部屋割をどうするか、という問題がある。

この屋敷はそれなりに広いし、普通に考えれば四人別々の寝室を割り当てることができる。

けれど。

「わたしはソロンと一緒の部屋だよ？」

「そんなのダメです。ソロンくんと皇女様が一緒の部屋なんて、その、不道徳です……」

「だって、ソロンはいつもわたしのそばにいて、わたしのことを守ってくれるんだもの。なら、同じ部屋にいるのが自然だよね？」

「自然ではないと思います……」

ソフィアが弱々しく抗議した。

そして、ソフィアは俺をちらりと見た。

賛同してほしい、ということだろうけれど。

ソフィアには悪いけれど、それはできない。

「フィリア様は俺と同じ部屋ってことになる」

「そ、ソロンくん。ど、どうして？」

俺がフィリアの意見をとるとは思っていなかったらしい。

ソフィアは顔を青くした。

横で見ていたクラリスが面白がって口をはさむ。

「それはもちろん、ソロン様とフィリア様が、夜な夜なあんなことやこんなことをなさっているからです」

「あんなことやこんなこと⁉　それってどんなこと？」

ソフィアが身を乗り出し、クラリスはくすくす笑った。

「ソフィア様のご想像にお任せします」

ソフィアはさっきまで青かった顔を赤くした。

そして、潤んだ瞳で俺を見る。

「そんなあ。ソロンくんが皇女様に手を出していたなんて……。やっぱりソロンくんって年下好きなの？」

「手なんて出していないから」

「年下好きってところは否定しないんですね」

「……クラリスさん。茶化さないでほしいな」

「それはお約束できません」

いたずらっぽく笑いながらも、クラリスは一歩、身を引いた。

俺の言い分を聞いてくれたんだろう。

代わって、俺がソフィアに説明する。

「この屋敷に住むにあたって、俺はフィリア様といくつかの約束をした。そのなかの一つが俺とフィリア様が同じ部屋に住むって約束があった。それだけだよ」

「なんでそんな約束したの……？」

「そうしないとフィリア様は皇宮を出ないって言ったからね」

皇宮にいたときは同じ部屋だったんだから、屋敷でも同じ部屋でいいよね？　と言われると、俺もうなずかざるを得なかった。

警備上の便利さを考えれば、俺とフィリア様が同じ部屋にいたほうが都合がいい。

俺はそのあたりのことをソフィアに説明した。

ソフィアは頬を膨らまして、俺を睨んだ。

「なら、わたしもソロンくんと同じ部屋に住む」

「え？」

「皇女様が良くて、わたしがダメな理由ってないよ。ソロンくんはわたしのこと、騎士団に連れ戻されないように守ってくれるんだもん」

「そりゃそうかもしれないけど……」

「決まり。そうしてくれないと、わたし、ソロンくんのことを許さないいんだから」

ソフィアの決意は固いようだった。

俺とフィリアが同じ部屋、ソフィアと俺が同じ部屋ということは、フィリアとソフィアも同じ部屋ということになる。

フィリアはなにか言いたそうにしていた。

以前、「ソロンと同じ部屋で一緒に住むのはわたしだけ」と言っていたし、不満なのかもしれない。

でも、フィリアを守るために俺とフィリアが同じ部屋ということになっている以上、そこにソフィアが加わることに反対する理由はない。

むしろ聖女であるソフィアも同じ部屋にいたほうが、フィリアを守る上では都合が良いはずだった。

クラリスが俺たちを眺め、ゆっくりと言った。

「フィリア様。ソフィア様。案は二つしかありません。ふたりともソロン様と別の部屋に住むか、ふたりともソロン様と同じ部屋に住むか、どっちがよいですか」

フィリアとソフィアは顔を見合わせ、やがて、口を揃えて俺と一緒の部屋のほうがよいと言った。

俺は頭を抱えた。

こうなるとは予想していなかった。

たしかに皇宮に住み続けるときは、ソフィアも一緒の部屋という案もあった。

でも、それは最終手段のつもりだったし、やむを得ない場合のみにそうするつもりだった。

今はそうじゃない。

部屋はいくらでもあるのだ。

ただでさえ、フィリアと一緒の部屋なだけでも気をつかうのに、ソフィアも一緒の部屋だという。

年頃の美少女二人と同じ部屋なんて、俺はとても困るのだけれど。

けれど、俺が反対しても、二人は言うことを聞かなさそうだった。

しかも、クラリスはこの非常識な案を却下せず、むしろノリノリのようだった。

クラリスが満足そうにうなずく。

「なら、決定ですね♪　ソロン様とフィリア様とソフィア様が同じ部屋で……」

それから、クラリスが期待するように俺のことを見つめた。

俺はうなずき、なかばヤケクソ気味に言った。

「クラリスさんも同じ部屋に住もう。一番広い部屋なら、四人分のベッドもおけるさ」

三人が同じ部屋に住んで、クラリスだけ一人別の部屋に住ませるというのは筋が通らない。

俺はクラリスのことも守ると約束した。

身分が違うといっても、俺とクラリスはもともと同じ平民身分だ。

フィリアにとって、クラリスは家族みたいなものなんだから、皇宮を離れた以上、問題はないだろう。

問題があるのは俺のほうだ。

三人の美少女が、綺麗に澄んだ瞳で俺を見つめる。

俺はたじろいで、一歩後ろに下がった。

三人が一斉に俺のほうに詰め寄る。

「ソロンくん。なんで逃げるの？」

と聖女ソフィアが言う。

「逃げてるわけじゃないんだけど……」

俺は壁を背にしていて、周りを三人に囲まれていた。

冷や汗をかく。

逃げ場なし、だ。

クラリスが優しい声で言う。

「あたしたちはみんなソロン様のことを信頼しているんですから、そんな困った顔をしないでください」

「でも……」

「みんなソロン様と一緒に暮らせて嬉しいんですよ」

見ると、フィリアとソフィアもうなずいていた。

ソフィアは顔を赤くして「ソロンくんと一緒の部屋……」とつぶやいている。

フィリアは俺をちらりと見た。

俺は大事なことを思い出して、フィリアに言う。

「そろそろ魔術の訓練も始めましょう。師匠らしいこともしてさしあげないといけませんからね」

「うん。ありがとう、ソロン！」

フィリアははにかんだように微笑んだ。

そして、それから、一瞬、ためらうような様子を見せた後、ぴょんと跳ねるようにして俺に近寄った。

フィリアは屋敷をもう一度見渡し、そして言った。

「ここがわたしたちの新しい居場所なんだね。……わたしはここにいていいんだ」

「はい。ここはフィリア様の居場所ですから」

「そして、ソロンの居場所でもあるんだよね。嬉しいな。わたしはずっと昔から、こんな日が来ることを待っていたの」

「ずっと昔から、ですか？」

俺は思わずフィリアの言葉を繰り返し、問いかけた。

フィリアはゆっくりうなずき、頬を少し赤く染めた。

「あのね。わたし、本当は昔、ソロンに会ったことがあるの」

幕間　聖騎士クレオンの真の目的

聖ソフィア騎士団の副団長、クレオンは深くため息をついた。

ここは騎士団本部の副団長室。

壁際の本棚に大量の本が置かれていることを除けば、質素で殺風景な部屋だった。

部屋の様子は前任者、つまりソロンの性格を反映していた。

クレオンはソロンの言葉を思い出した。

ソロンに言わせれば、華美な内装など金の無駄で、机と椅子があれば十分なのである。

その代わり、ソロンは大量の書籍を購入していた。

各地の遺跡の調査報告、魔族の習性についての事典といったものは、当然、遺跡の冒険の役に立つ。

しかし、それだけではなく、医学や薬学の専門書、帝国法の解説書、帝国各地方の民俗文化風習の読み物、あと料理のレシピなどもある。

何の役に立つのか、とクレオンは最初は疑問に思っていたが、ソロンは笑って言った。

「すべて役に立つよ。間違いない」

そして、ソロンの言うとおりだった。

回復魔法では治せない傷の応急手当には医学薬学の知識が必要だった。

各地で遺跡探索の許可をとるときの役人との交渉や、人を雇用したり財宝を売るときの契約に、法律書は役に立った。

帝国は広いから、帝都周辺と辺境の慣習が違い、その慣習を知らなければ現地の人々の協力を得ることは難しい場面もあった。

ソロンは本で得た知識をもとに、あらゆる雑務をそつなくこなしていた。

あいつは本当に器用だったんだ、とクレオンは思う。

けれど、ソロンには天賦《てんぷ》の才や抜群の力というものがなかった。

冒険者や魔術師、英雄といったものには向かないやつだった、とクレオンは思っている。

ソロンは企業家か、そうでなければ人を導く牧師というのがふさわしい。

今でもクレオンは、ソロンと初めて会った日のことを鮮明に思い出せる。

魔法学校の一年生だったときのことだ。

クレオンは十二歳で、標準入学年齢より遅れて入学してきたソロンは二つ年上だった。

当時のクレオンは家柄こそ良かったけれど、気弱で、何の力もなかった。そして、いつも同級生にいじめられていた。

その日も殴られ、蹴られ蔑まれていたクレオンの前に、ソロンは現れた。

目立たない、地味な感じの少年だったが、彼には不思議な迫力があった。

ソロンがなにか短く口にすると、クレオンに暴力をふるっていたやつらは顔を青くして逃げていった。

ソロンはクレオンに手を差し伸べた。

「いったいどんな魔法を使ったの？」

とクレオンが聞くと、ソロンは微笑した。

「魔法じゃない。ただの交渉だよ。人間は誰しも弱みがある。まあ、魔法って意味では、俺は君ほどの才能はないさ」

「僕に才能がある？」

「そうだよ。俺には人を見る目があるからね」

「僕に才能なんてないよ」

「いいや、単に君は要領が悪いだけさ。なんなら、クレオン君は帝国最強の聖騎士にだってなれる」

ソロンは冗談めかして言った。

このとき、ソロンがどれほど本気で言っていたのかはわからない。

けれど、クレオンはその言葉に答えた。

「僕がもし、本当に帝国最強の騎士になれるっていうのなら、君は何になるの？」

「俺は魔法剣士ってとこかな。聖騎士様や聖女様を助けて戦う英雄さ」

ソロンはくすりと笑った。

その日から、クレオンはずっとソロンの後ろをついて回るようになった。

年上だったということもあり、ソロンは頼りになった。

彼のそばにいればいじめられることもなくなったし、それにいろいろなことを教えてもらった。

勉強の方法も、効率の良い魔術の使い方も、人との接し方も、ソロンがクレオンに教えてくれたことだった。

ソロンは、自分よりクレオンのほうが才能があると言った。

けれど、クレオンは自分がソロンを超える日なんて想像することもできなかった。

ソロンへの依存心と彼への強い劣等感が、学校時代のクレオンの心の大きな部分を占めていた。

けれど、今は違う。

いま、ソロンがいなくなったこの部屋を見て、クレオンの心にあるのは暗い喜びだった。

ついに自分はソロンを超えたのかもしれない。

少なくとも、ソロンの後ろをついて回る気弱な少年は、もうどこにもいない。

いまや、クレオンは本当に帝国最強の聖騎士になったのだ。

ソロンの予言のとおりに。

そうなってしまえば、クレオンにとって、ソロンの存在は煙たくなってきた。

いつまでもソロンが自分の兄であるかのように振る舞うのが我慢ならなかった。

そして、聖女ソフィアがクレオンよりもソロンに好意を持っていることは明らかだったし、そのこともクレオンのプライドを傷つけた。

ただ、だからといって、クレオンはソロンに対する敵愾心《てきがい》だけで彼を追い出したわけではなかった。

本来であれば、ソロンを追い出すのは上策とは言えない。

ソロンにはまだ使いみちがあった。

なにせ彼は器用なのだから。彼がいなくなれば、あらゆる雑務が滞り、面倒が起きるのわかっていた。

ソロンに事務局長のような役割を与えてもよかった。人の好《い》いソロンなら、冒険者をやめて事務員になることに甘んじただろう。

そう。

クレオンが頼めば、ソロンは断らなかっただろう。ソロンはいつだってクレオンのことを心配してくれていたのだから。

ちくり、と罪悪感が胸をよぎったが、クレオンはそれを忘れようと努めた。

ソロンを追い出した最大の理由は、彼さえいなければ、クレオンが騎士団の主導権を握れるからだ。

自分の目的のために、騎士団を使うことが可能になる。

ソロンのような勘のいい人間なら、クレオンの真の目的にいずれ気づいただろう。

そして、それに気づけば、ソロンが激しく反対したに違いない。

だから、そうなる前にソロンを追放する必要があった。

クレオンは独り思う。

誰もクレオンのことを弱いと言うことはなくなった。

それどころか、いまやクレオンに心酔する団員が無数にいる。

しかし、クレオンの心は満たされない。

彼のそばに一人の少女がいないからだ。

クレオンが最強の騎士などではなかった頃、「弱くてもいい」と言ってくれた少女。彼女は優しいクレオンのことが好きだと言った。

そして、彼女は死んでしまった。

「シア」

クレオンはかつて失った仲間の少女の名前をつぶやいた。

死者は蘇らないという苦い真理を、ソロンとクレオンは共有していた。

しかし、ソロンと違って、クレオンはその真理を受け入れられなかった。

この世界には魔法がある。どうして死者を蘇らせる魔法が存在しないと言えるだろうか。

ノックの音がした。

「入ってくれ」

クレオンが言うと、副団長室の扉が開き、三人の団員が現れた。

先頭に立つのは召喚士ノタラス。

癖の強い騎士団幹部のなかでも食わせ者だ。

「我が輩になにか御用ですかな。我々の新たな副団長殿」

「その呼び方は嫌味だな。君がソロンを呼び戻そうとしているのは知っている」

「その件での呼び出しということで？」

ノタラスは丸眼鏡を押し上げ、見定めるようにこちらを見た。

クレオンは首を横に振った。

「いや、団員の内心にまでは干渉しない。それより、ノタラス。君は有能だな」

「我が輩なんぞ、おだててどうするんです？」

「君は苦学して士官学校を卒業した元軍人だったな。僕ら団員のなかでは珍しい経歴だ。正直、アルテなんかより、よほど君のほうが世間を知っているし、副団長代理にふさわしいと思っているよ」

「ほう」

ノタラスが満更でもなさそうに笑みを浮かべた。

彼はアルテと個人的確執があるのだ。

そのアルテより有能だと言われれば、ノタラスも悪い気がしないだろう。

団員同士の事情も把握しておくことが、副団長には求められていた。

クレオンは微笑んだ。

「君に頼みたいことがある。さる人物を帝都から連れ戻してほしい。力づくでもかまわない」

「女にでも逃げられましたか？」

ノタラスが叩いた軽口に、クレオンはうなずいた。

「そのとおり。君に連れ戻してもらいたいのは、聖女ソフィア。僕の婚約者にして、僕たちの団長だ」

第三章

TSUIHOU SARETA BANNOU
MAHOUKENSHI HA
KOUJYODENKA NO SHISHOU
TO NARU

一話　ソロンと皇女の最初の出会い

皇女フィリアは俺と昔、会ったことがあるという。

けれど、俺にはまったく思い当たる節がなかった。

「ソロンはわたしとはじめて会ったときのこと、覚えている?」

「残念ながら……」

クラリスから昔、フィリアと会ったことがあるらしいと聞いて、思い出そうとしたけれどダメだった。

そもそも、ずっと皇宮のなかにいた皇女と、会う機会があったとは思えない。

このことはいつかフィリアに聞こうと思いながら、フィリアのほうから話してくれるのを待つべきかなと考えていた。

フィリアは微笑んだ。

「そうだよね。覚えていなくても仕方ないよ。四年前のわたしは皇女だなんて名乗らなかったし、それに、本当に少しだけのことだったから」

四年前。

それは俺や聖女ソフィアたちが魔法学校を卒業した年だ。

そのとき、たしかに俺は皇宮に入ったことがある。

卒業の際、魔法学校の卒業生たちは、皇帝陛下に謁見する。

それが帝立魔法学校はじまって以来の慣わしだった。

フィリアは俺からそっと離れた。

そして、人差し指を目の前に立てる。

その指先には小さな火が灯っていた。

「この魔法を、ソロンはわたしに教えてくれたんだよ」

フィリアは恥ずかしそうに小声で言った。

その瞬間、俺は思い出した。

そうだ。

確かにあのとき、俺は幼い女の子に魔法を教えた。

皇帝の謁見が終わり、大勢の卒業生と一緒に皇宮から出ていくとき、俺は一人の女の子を見かけた。

彼女は一人ぼっちで庭園にある小さな椅子に座っていた。

銀色の髪の、愛らしい容姿の女の子だった。

着ている服もその子のサイズに合わされて作られたもので、上等なものだった。

皇宮の外側にある庭の片隅に、おそらく貴族階級の女の子が従者の一人も連れないでいるなんて、不自然だ。

気になって、俺は少し道を離れて、その子に「大丈夫？」と声をかけた。

その子は心細いから一緒にいてほしいと言った。

そして、それがフィリアだったのだ。

「あのとき、わたしは皇宮の部屋からこっそり抜け出していたの。皇宮の外を見てみたかったから」

でも、幼いフィリアには皇宮の庭園より先に行く勇気はなかった。

それに、複雑な皇宮内部の構造のせいで、自分の部屋に戻る道もわからない。

「その頃はまだクラリスもいなかったし、ホントに不安だったの。このまま誰もわたしのことを探しに来てくれないんじゃないかって」

そのとき現れたのが俺だったのだ。

そして、幼いフィリアは魔法を教えてほしいと俺に言った。

俺は少し考え、保護者が来るのを待っているあいだ、教えるぐらい良いか、と思って彼女のお願いに応えたのだ。

メイドの一人が探しにやってくるまで、俺は彼女にごく初歩的な魔法を教えた。

「だから、紅茶を淹れるときに、火魔法を使うことができたんですね」

俺はフィリアの家庭教師として最初に皇宮を訪れた日のことを思い出した。

フィリアは魔法を使って、紅茶のためのお湯を沸かしていた。

「ソロンは魔法を優しく教えてくれて、そしてこう言ってくれた。『君には魔法の才能があるよ。きっと一流の魔法使いになれる』って」

たしかに俺はその女の子にそう言った。

そして、名乗ったのだ。俺はこれから冒険者になる魔法剣士のソロンだ、と。

「そんなふうに、わたしが偉くなれるなんて言ってくれる人は、ソロンがはじめてだったんだよ？　みんなわたしを悪魔の子で、大勢の皇女の一人ってだけの、何の役にも立てない少女だって言ってた。わたしもそう思ってた。でもね……」

俺は違った。

べつに俺でなくても、ある程度の見る目があれば、フィリアに才能があることは見抜けたと思う。

でも、たまたま俺がフィリアにとっては最初の教師となったのだ。

「だから、わたしは魔法使いになりたいって思った。ううん、正確に言うとね、あのとき魔法を教えてくれた魔法剣士みたいな人になりたいって思ったの」

「だから、家庭教師として魔法剣士を探していたんですね」

「本当ならもう一度ソロン自身に教えてほしかったよ。でも、聖ソフィア騎士団の副団長として活躍しているソロンを、わたしが雇うことなんて無理だと思っていた」

「でも、俺は騎士団の副団長ではなくなって、そして、フィリア様の家庭教師となることができました」

「ソロンがわたしの師匠となってくれるなんて、ホントに幸運だったたって思ってる。昔も今もソロンは優しいし」

フィリアはメイドを装って俺に会ったことがあったけれど、あれはフィリアによれば、俺が変わっていないかどうかを試すつもりだったらしい。

そして、結果は合格で、俺のことを変わらず優しい人間だと思ってくれたようだった。

フィリアは柔らかく微笑んだ。

「これからいっぱい、わたしに魔法のこともそれ以外のことも教えてね。わたしはソロンと一緒に戦える、ソロンみたいな魔法剣士になりたいんだから」

俺がフィリアの言葉に答えようとしたそのとき。

地鳴りのような奇妙な音が屋敷に鳴り響いた。

二話　幽霊の正体見たり

「な、なんですか？　この音？」

クラリスが頭を抱えながら言う。

屋敷に鳴り渡るその音は、地の底から響くような不思議な音だった。

俺は近くにあった宝剣テトラコルドを手に取った。

音の正体はわからないけれど、なにか普通でないことが起きているのはたしかだ。

皇女フィリアは不思議そうに首をかしげていて、聖女ソフィアは不安そうな顔をしていた。

俺は考えて、思わずつぶやいた。

「こんな音がするなんて、やっぱり幽霊物件って訳ありだなあ」

「ゆ、幽霊物件？」

聖女ソフィアが俺の言葉を聞いて、顔を青くした。

しまった。

この屋敷は幽霊物件だから格安で手に入れることができた。

でも、ソフィアたちが不安になるといけないから、内緒にしておくつもりだったのだ。

仕方なく俺は経緯を説明した後、話題を変えるために言った。

「音は地下室から響いているみたいですね。ちょっと見てきます」

「なら、わたしも行く」

とフィリアが言った。

フィリアは興味津々といった顔をしていた。

好奇心の強いフィリアはずっと皇宮に閉じ込められていて、外の世界のものには何にでも興味があるのだろう。

特に、こんな怪奇現象みたいなことが起きればなおさらだ。

でも、なにか危険なことが起きてるのかもしれないのだから、俺はフィリアを連れていきたくはなかった。

フィリアをちょっとでも危険な目にあわせたくはないからだ。

俺がそう言うと、フィリアは首を横に振った。

「心配してくれるのは嬉しいけど、大丈夫だよ。ソロンと離れてここに残っているほうが危険だと思うし」

「しかし……」

「それに、ソロンがわたしのこと、守ってくれるんだもの」

ね？　とフィリアが俺を上目遣いに見つめた。

俺はしばらく考えてうなずいた。

たしかにフィリアをこの部屋に残していくのも、何が起きるかわからないんだから不安といえば不安だ。

本来なら、聖女ソフィアにフィリアのことを任しておくというのも手ではある。

でも、肝心のソフィア自身ががたがたと震えていた。

「そ、ソロンくん。わたしもついていくから」

「えっと、怖いの？」

「こ、怖くなんてないよ」

「本当に？」

「……怖いけど」

ソフィアは小さくうなずいた。

帝国最強の冒険者であるソフィアには、ちょっとした弱点も多い。

その一つが幽霊や心霊現象が大の苦手、だということだった。

ものすごく恐ろしい魔族を倒すことができるのに、いるかどうかわからない幽霊なんかを怖がるなんておかしな気もするけど、それがソフィアの性格なんだから仕方がない。

結局、俺たち四人は屋敷の階段を降りて地下室へと向かっていった。

螺旋《らせん》状の階段は薄暗く、不気味な雰囲気をかもし出していた。

ぎゅっと、ソフィアが俺の右腕に抱きついた。

ソフィアがその両腕を絡ませると、ちょうど俺の腕がソフィアの胸のあたりにきて、ふにゃっと柔らかい感触がした。

俺は赤面して、慌ててソフィアに言う。

「ソフィア？　離してくれない？」

「ご、ごめんなさい」

そう言いながらもソフィアは俺と腕を組んだままの姿勢を崩さなかった。

よほど怖いんだろうけれど、自分の行動がどういうふうに見られるか考えてほしいと思う。

フィリアが頬を膨らませて、俺に近づいた。

「ソフィアさんだけずるい。わたしもソロンに甘えたいんだから」

そういうとフィリアは俺の左腕をとり、聖女ソフィアと同じように自分の腕を絡ませた。

そして、フィリアは面白がるように、くすくすと笑った。

「両手に花、だね。ソロン」

たしかに俺の右にはソフィアがいて、左にはフィリアがいる。

そして、二人とも俺に密着している。

二人の女の子の甘い香りがして、俺はくらくらした。

フィリアもソフィアも早く俺から離れてほしい。

クラリスが後ろから楽しそうに言う。

「ソロン様。あたしは後ろから抱きつけば良いですか？」

「……歩けなくなるから」

「うーん、残念ですね。じゃあ、あたしはまたの機会にお願いしますね♪」

またの機会、っていつだろう。

そういうしょうもないことを考えていたら、地下室についた。

何もない殺風景な物置で、床は灰色、壁はレンガの赤色そのままだ。

しかし、奇妙な音だけがより大きな音で響いている。

俺たちは部屋の中央で足を止めた。

しばらくして壁に赤色の文字が浮かび始めた。

血文字だ。

その文字は「我が怨念、いかにしてはらすべきか」というものだった。

ほぼ同時にソフィアはふらっと後ろに倒れていった。

恐怖のあまり失神したのだ。

俺は慌てたが、クラリスがばっちりソフィアを支え、そして介抱してくれた。

一方、皇女フィリアは平気な顔をしていた。

「いかにも幽霊って感じだね」

「そうですね。作り物めいた感じがします。……フィリア様は下がっていてください」

「もうちょっとソロンと腕を組んでいたいんだけど、ダメ?」

「すみませんが、宝剣を使う必要があるので」

フィリアに抱きつかれたままでは、剣も使えない。

残念そうにフィリアが言う。

「また今度、腕を組んでくれる? 約束してくれたら離してあげる」

「……わかりました。フィリア様が望むなら」

「なんだか乗り気じゃなさそうだね。ソロンはわたしと腕を組むの、嫌?」

「頼りにされるのは嬉しいですが、恥ずかしいんですよ」

俺がぼそぼそ言うと、フィリアは目を丸くし、そして嬉しそうに笑った。

「うん。離してあげる。また今度すればいいものね。約束だよ?」

俺はうなずくと、宝剣テトラコルドを抜き放った。

俺は剣を一閃させ、魔力による波動を地下室の端から端まで行き渡らせた。

そうすると、くぐもった悲鳴のようなものが聞こえ、それは姿を表した。

「幽霊の正体見たり、だ」

俺はつぶやいた。

地下室の奇妙な音の主は身体を透明にして、自分を見えないようにしていたようだ。

でも、俺の攻撃を受けてその状態を維持できなくなり、濁った半透明のぶよぶよとした醜《みにく》い身体を晒した。

六本足のその異形《いぎょう》は、魔族だった。

本来であれば遺跡の奥深くにいるはずの人類の敵だ。

フィリアとクラリスが息を呑む音が聞こえた。

二人は魔族を見るのは初めてのはずだ。

俺は一歩前へ踏み出し、二人と気を失っている聖女ソフィアをかばうように立った。

目の前の敵はそれなりの強さをもつ魔族のようで、しかも悪質な部類のようだった。

蜘蛛《くも》のような六本足の身体は、背筋を寒くさせるような不快な見た目だった。

その中心部は黒く濁っており、どろどろに崩れている。

この魔族がこの屋敷の幽霊の正体だ。

音で地下室に住人を呼び寄せ、姿を隠したまま毒殺し、捕食する。

おそらくこの魔族はそうして生きながらえてきたのだろう。

普通の魔族は人語を解さない。

この魔族も大した知性を持っているとは思えないが、壁に血文字を書いたのは、一種の擬態だろう。

魔族のせいでなく、幽霊のせいということにすれば、この地下室にいることがバレる恐れが低くなる。

経験則でこの魔族はそれを学んだのだ。もともとは、どこか別の屋敷にいたのだろうと思う。

いずれにしても、戦闘経験のない皇女フィリアやメイドのクラリスにとっては、この魔族はかなり危険な存在だ。

けれど、俺は違う。

騎士団の副団長だった頃、俺は聖騎士クレオンたちとともに、無数の魔族を倒してきた。

そのなかには古代の暗黒竜だとか千年の歳月を生きた精霊だとか、そうした伝説的な存在も含まれていた。

だから、この程度の魔族なら大した脅威ではない。

……本当なら、聖女ソフィアにとっても楽に倒せる敵のはずだけれど、ソフィアは幽霊と勘違いして気を失ってしまった。

俺は宝剣を上段に構えた。

ちらりと後ろのフィリアたちを見る。

「フィリア様、それにクラリスさん、決してそこから動かないでください」

「う、うん」

フィリアが怯えた表情でうなずいた。

不安なんだろうな、と思う。

フィリアにとっては、初めて見る魔族だ。

俺も最初に戦ったときは怖ろしくて仕方がなかった。

俺はフィリアに笑いかけた。

「大丈夫です。フィリア様たちには、かすり傷ひとつ負わせませんから」

「そう……だよね。ソロンがわたしを守ってくれるんだもの。そして、わたしたちの居場所を脅かす敵を追い払ってくれる」

「そのとおりです。必ずやこの魔族を討ち果たしてご覧にいれます」

「うん。……ソロン、わたしに勝利を！」

俺はうなずくと宝剣をかざし、前に一直線に進んだ。

ほぼ同時に、魔族の足のうち四本が素早く伸び、俺たちに襲いかかる。

俺は炎魔法を使い、それを宝剣の力で強化した。

魔族に向かって放たれたその炎は、魔族の足を一瞬で焼き払う。

魔族が痛みのためか、奇妙な叫びをあげた。

敵の行動が止まったのを見計らい、俺は宝剣テトラコルドを魔族の中心にまっすぐ振り下ろした。

魔族のどす黒い身体が真っ二つに両断される。

けれど、ここで油断してはいけない。

魔族はふたたび動き始めた。身体を引き裂かれても、なおしばらく動き続けるほどの生命力を魔族は持っている。

死を目前にして、魔族は最後の反撃に出ようとしていた。

俺はテトラコルドをかざし、短く呪文を唱えた。

地下室の床に円形の魔法陣が展開され、次の瞬間、魔族はそのなかに吸い込まれていった。

後には何も残っていない。

「勝った……の？」

フィリアがおそるおそるといった様子で俺に問いかける。

まだ魔族が倒されたという実感がわかず、不安なのだろう。

俺は笑ってうなずき、ぽんぽんとフィリアの頭を撫でた。

びくりとフィリアが震え、頬を赤く染めた。

「すみません。安心していただこうと思ったのですが、馴れ馴れしかったでしょうか」

俺は慌てて言った。

普通に考えれば、皇女相手に頭を撫でるなんて、許される振る舞いではない。

でも、フィリアはふるふると首を横に振った。

フィリアは恥ずかしそうに目を伏せて、小声で言った。

「ううん。あのね、ソロンに頭を撫でてもらうのって、これが初めてだなって思ったの。それに、ソロンのほうから、わたしに触れてくれたし」

「えっと、嫌でしたか？」

「そんなことないよ！　とても……嬉しかったの」

フィリアはうつむいて、ますます顔を赤くした。

なんだか妙な雰囲気だ。

俺は困って、話題を変えた。

「あの魔族は『バエルの子』と呼ばれる、毒を持った種類の魔族でした。だから、最後は魔法陣のなかに吸収して消滅させたんです。死ぬときに地下室内に毒をばらまかれたら、フィリア様もクラリスさんも危ないですからね」

「そうだったんだ。ありがとう、ソロン」

「いや、今回のことは元はと言えば、俺のミスですよ。幽霊物件なんて選ぶんじゃなかったなあ」

俺はぼやいた。

普通なら、魔族は遺跡のなかにしかいない。

魔族はその性質上、太陽に弱かったり、澄んだ空気に耐えられなかったり、地上では生きづらいからだ。

けれど、遺跡解放が進む中で、冒険者たちが仕留めそこなった魔族たちが遺跡から逃げ出し、地上に出てくることも多くなっていた。

俺がいま倒した魔族も、遺跡から屋敷を移り渡り、人を捕食して生きてきたのだろう。

そんな魔族が住んでいる屋敷を俺は買ってしまったわけだ。

クラリスが俺の目をのぞき込み、そして微笑みかけた。

「でも、ソロン様はあたしたちのことを守ってくれたじゃないですか」

「たしかにこれで一件落着ではあるけれど」

ほんのわずかとはいえ、フィリアたちを危険にさらしてしまった。

それにそんなに倒すのに困らなかったとはいえ、久々に魔族と戦って少し疲れた。

少し腹も減ったような気がする。

俺の心を見透かしたように、クラリスが弾んだ声で言う。

「さて、次にやることは一つです。お料理しなくちゃ！」

もうそろそろ夕飯時で、料理を作ろうというクラリスの提案はまっとうなものだった。

けれど、フィリアが不安そうに言う。

「りょ、料理って、クラリスが作るの？」

「もちろんです！　そのためのメイドですよ！」

クラリスがえっへんと胸をはる。

けれど、フィリアは相変わらず曇った顔のままだった。

「クラリスって料理できたっけ……。それに、食材はあるの？」

「正直言ってあまりやったことはありませんが……なんとかなります！　食材も……なんとかなります！」

「く、クラリス……わたし、とても不安だよ……」

皇宮にいたころは大勢の使用人がいて、それぞれが役割分担をしていた。

クラリスは主に皇女の身の回りの世話をしていて、厨房を担当していたわけじゃない。

皇宮にいれば、帝室お抱えの料理人たちが日々の食事を作ってくれる。

だから、クラリスがあまり料理をしたことがないのは仕方ない。

そうはいっても、クラリスに料理を任せるのは不安だ。

この点は俺もフィリアに賛成だ。

そもそも、今日、俺はクラリスに料理を作らせるつもりはなかった。

「料理は俺が作るよ」

俺は言った。

次の瞬間、ぴくっと耳を震わせて、聖女ソフィアが起き上がった。

「ソロンくんの料理？」

「あれ、ソフィア。気がついてたの？」

「う、うん」

「いつから？」

ソフィアはあたふたして何も言わず、顔を赤くした。

けっこう前から起きていたけど、恥ずかしくて言い出せなかったんだろう。

魔族を幽霊と勘違いして、怖くて失神してしまったんだから、恥ずかしいのはよくわかる。

ソフィアは話題をそらそうと思ったのか、早口で隣のクラリスに話しかけた。

「そ、ソロンくんの作ってくれるご飯って、とってもおいしいんだよ」

「そうなんですか！」

「うん！　冒険者を始めたころは、いつもソロンくんが料理してくれてたもん。おいしかったなあ」

しみじみとソフィアが言う。

たしかに俺がソフィアたちのために料理を作っていたこともあったし、それはけっこう好評だったけれど、あまりハードルを上げないでほしい。

フィリアやクラリスを期待させすぎて、がっかりされても困る。

でも、ソフィアは目を輝かせていた。

「また、ソロンくんの料理が食べられるなんて、幸せ！」

「そんな大したものじゃないよ」

俺は慌てて言ったが、遅かった。

フィリアとクラリスも熱のこもった目で俺を見ていた。

完全に期待されている。

これは、二人の口にあう料理を作らないといけなさそうだ。

しばらくして、クラリスははっとした顔をした。

「でも、ソロン様に料理を作っていただくなんて、申し訳ないです。ソロン様はこの屋敷の主人なのに」

「主人は客をもてなすのが役目だよ。何もおかしくはない。食材もきちんと用意してある」

「え？　食材あるんですか？」

「俺が何の準備もなしに、みんなをここに呼ぶわけないよ。だいたいの必需品は揃えてあるし、ここは帝都の郊外だから、近くの農家と交渉していろいろ調達してくることもできる」

当然、この屋敷の防衛についても時間をかけて設備を用意してある。

皇女フィリアたちを迎え入れるのに、ふさわしい屋敷にしてあるのだ。

「さすがです！　ソロン様！」

階段を登って、地下室から屋敷の一階へと移動しながら、クラリスが感心していた。

そして、申し訳なさそうに「それに引き換えあたしはダメなメイドですね……。料理もできないし……気も利かないし」とつぶやいた。

俺は微笑んだ。

「料理をしたことがないんだから仕方ないよ。俺が教えるから、そのうち覚えてくれればいいし」

「ソロン様が教えてくれるんですか⁉　ほんとに⁉」

「そんな大したことは教えられないけどね」

「いえ、楽しみにしてます！」

クラリスがとても明るい笑顔で言った。

料理を教える程度のことでも楽しみにしてくれるなら、それは嬉しいけれど。

フィリアが俺をちらりと見た。

「ね、ソロン。わたしにも料理を教えてくれる？」

「いいですけど、フィリア様はまずは魔術の勉強をしていただくとよいのではないでしょうか。師匠として魔術を教えるのが俺の役目ですからね」

「魔術師の師匠は、魔法以外のこともいろいろ弟子に教えてくれるって聞いたよ？　ソロンだってルーシィからいろいろ教えてもらったんでしょう？　年上の美人女性の扱い方とか」

「そんなもの習っていませんよ……」

「ともかく、わたしにも料理、教えてほしいな」

フィリアにねだられ、俺は結局うなずいた。

まあ、また今度、二人一緒に教えればいいだろう。

けれど、今日はもう遅い時間になっているし、あまり時間もない。

俺は厨房につくと、フィリアには広間で休んでいるように言い、クラリスには食卓周りなど部屋の片付けを頼んだ。

料理の手伝いに呼んだのは聖女ソフィアだけだ。

ソフィアには冒険者時代に、ときどき料理を手伝ってもらっていたからだ。

騎士団が大人数になった後は、料理人兼任の冒険者を雇うようになったけれど、それまでは俺が料理をメインで作り、誰かが手伝うというのが定番だった。

エプロン姿のソフィアが厨房に現れた。

いつもの純白の修道服ではなく、家庭的なシンプルかつゆったりしたワンピースを着ているみたいだ。

「あんまり時間もないし、凝った料理も作れないから、厚切りベーコンのソテーと冷製スープみたいな感じで良いかな。葡萄《ぶどう》酒は冷やしてあるよ」

俺が言うと、ソフィアはこくこくとうなずいた。

それから、俺はソフィアに簡単な作業をいくつか指示した。

ソフィアは俺の隣に立ち、なぜかじっと俺の顔を見つめていた。

しばらくしてソフィアは頬を赤く染めた。

「ソフィア？　どうしたの？」

「ううん。なんでもないの」

「顔を急に赤くして、熱でもある？」

「えっとね、こうしてソロンくんのお屋敷で、一緒に並んで料理を作ると新婚さんみたいだなあって思って」

言ってから、ソフィアはますます顔を赤くした。

俺が返事をする前に、ソフィアは小声で「今の言葉、忘れてほしいな」と言ったので、俺もそれ以上、何も言わなかった。

あれやこれやとやっているうちに料理は完成し、俺たち四人は食卓に座った。

「今、このときを真実に生きるために、わたしたちはこの食事をいただきます。主よ、わたしたちを祝福してください」

帝国教会流の食前の祈りを唱えた後、俺たちは食事をとり始めた。

皇宮のときに食べていた食事の味を参考に、俺は調味料を調節していたが、それはうまくいったようで、フィリアやクラリスにもぴったり合う味だったようだ。

ソフィアの好みはよく知っているから、そこからも大きく外れないように配慮してある。

「すごい。ホントにおいしい」

フィリアがゆっくりとつぶやいた。

クラリスとソフィアもうなずいている。

ただ、フィリアにとっては、一つだけ不満なことがあったようだ。

「わたし一人だけ、お酒が飲めなくて残念」

帝国では酒を飲むことができるのは十六歳以上と決まっている。

つまり、俺とソフィアとクラリスは何の問題もなく葡萄酒を飲めるけれど、十四歳のフィリアには飲めないのだ。

俺は笑った。

「十六歳になる日なんてあっという間ですよ。そのときは一緒にお酒を飲みましょう」

「二年後、だね。そのときもわたしたちは一緒にいられるかな」

フィリアが上目遣いに俺を見て、問いかけた。

二年後、か。

たしかにそのときまで、俺がフィリアの家庭教師をやっているとは限らない。

フィリアは皇族でその身分にどんな変化が起きるかはわからないし、それに、義人連合のような組織によってフィリアの身に危害が加えられないとも限らない。

未来は不確定だ。

でも、俺はフィリアにうなずいた。

「フィリア様が一人前になるまで、俺はフィリア様のそばにいますよ。俺はフィリア様の師匠なんですから」

フィリアがぱっと顔を明るくし、とても綺麗に微笑んだ。

「うん。そうだよね。ソロンがそう約束してくれるんだもの。きっと一緒にいられるよ。ありがとう、ソロン」

「さて、さっそく明日から魔術の授業をはじめましょう……と言いたいところですが、その前に杖を買いに行きましょうか」

フィリアのための魔術の杖を用意するなら、可能なかぎり質の高いものを選んであげたい。

そのためには本人の適性を見つつ、専門の職人に杖を調整してもらう必要がある。

俺はどうしようかと考えながら、俺自身、フィリアと一緒に杖を探しに行くことを楽しみにしていることに気づいていた。

弟子のためにしてあげられることがあるというのは、師匠としては嬉しいものだ。

俺の師匠のルーシィ先生がそう言っていたけれど、俺もいま、彼女の気持ちがわかった気がした。

三話　悪魔の血と魔法の杖

次の日の朝、俺は皇女フィリアを連れて、帝都の大通りを歩いていた。

ここは多くの商会が集まるエリアだ。

朝から大勢の人でごった返す帝都の様子を、フィリアは興味深そうに見ていた。

フィリアはずっと皇宮に閉じこめられていたから、こういう街の様子も興味深いのだと思う。

俺たちはフィリアの魔術用の杖を買うために、帝都の商会を訪れようとしていた。

本当ならフィリアを人混みのなかに連れて行くのは危険だから避けたい。

けれど、フィリアのために良い杖を選ぶためには、本人の適性を見ながら、多くの品揃えのある商会で杖を買うのが一番だ。

だから、フィリア自身に帝都の商会に一緒に来てもらう必要があった。

もちろん皇女だとばれないように、フィリアには冒険者風の服を着て、黒いフードで顔を隠してもらっている。

フィリアはつぶやいた。

「こんなに人がたくさんいると、ソロンとはぐれちゃいそうで心配」

「大丈夫ですよ。俺が気をつけていますから」

「もっと確実な方法があるよ。ソロンが手をつないでくれればいいんだよ」

「それは……」

「ダメ?」

フィリアに上目遣いで見つめられ、俺は考えた。

たしかにフィリアの言う通りだ。

原始的な方法だけど、はぐれないためには、手をつなぐのが一番良いと思う。

ちょっと恥ずかしいけれど。

俺がうなずいて、手を差し出すと、フィリアは嬉しそうな顔をした。

そして、その小さな指を俺の指に絡めた。

「こうしていると恋人みたいに思われるかも」

「……早く行きましょう」

「あ、ソロン。照れてるの？」

「照れてません！」

「ホントかな？」

フィリアがくすくすっと楽しそうに笑った。

早く目的地の商会についてしまおう。

俺はフィリアの手を引いて、歩きはじめた。

やがて俺たちは大通りから右へ曲がり、しばらく行ってさらに左に曲がり、小さな路地に入った。

そこにある小さな看板の、古めかしい建物こそ、俺が用のある商会だった。

俺が扉を開けると、多くのホコリが舞い上がり、もわっとした空気が流れてきた。

もう何回もこの商会には来ているけれど、どうにもここの空気には慣れない。

狭い店内には、他に客はいなかった。

焦げ茶色の渋い雰囲気のカウンターに一人だけ若い女性が座っている。

彼女は簡素な黒のジャケットを羽織り、白いズボンを身に着けていた。

この商会の女主人、ペルセだ。

彼女は俺の協力者で、騎士団では物資の調達と処分の面でかなり協力してくれていた。

「あら、ソロンさん。よくぞ、いらっしゃいました」

ペルセは立ち上がると、優雅に微笑んだ。

すらりと背の高い彼女には強い存在感があった。

その美しい髪は淡い青色で、不思議な色に輝く金色の瞳は、まっすぐに俺たちを見つめていた。

ペルセは首をかしげた。

「そちらの方はソロンさんの恋人ですか？」

「へ？」

そして、俺は気づいた。

フィリアと手をつないだままだった。

俺は慌ててフィリアの手を離そうとしたが、逆にフィリアは俺の手をぎゅっと握りしめた。

フィリアはいたずらっぽく瞳を輝かせていた。

何がしたいのかよくわからないけれど、フィリアはたぶん俺をからかっている。

弱った。

無理やり振りほどくのは気が引ける。

俺はペルセにありのままを話した。

フィリアが皇女であるというところは隠したけれど。

「この子は俺の弟子のリア。ここに来るまではぐれないように、手を引いてやってきたってわけ」

「へえ、ソロンさんの弟子、ですか」

ペルセは少し驚いたふうに言い、フィリアを見定めるように見つめた。

しばらくして、ペルセはため息をついた。

「また変わった子を弟子に選びましたね。『汚れた血』が流れている少女ですか」

びくりとフィリアが震えた。怯えるようにフィリアが半歩後ろに下がったので、俺はフィリアの手を握る力を強め、フィリアを安心させようとした。

汚れた血。

それは悪魔の血を引く人間を示す言葉だ。

フィリアが不安そうに俺を見上げて問いかける。

「そ、ソロン。どうしてこのひとはわたしが悪魔の娘だってわかったの?」

「ペルセは商人であると同時に、一流の鑑定士なんです。だから人が何者なのかを見抜くのは、彼女の得意分野です。そして、もう一つ理由があります」

「もうひとつ?」

「ペルセは人間じゃなくて、半分魔族の悪魔なんですよ」

俺はペルセの顔色を見ながら、そう言った。

ペルセは金色の瞳で俺を見つめ、そして微笑んだ。

女商人ペルセは悪魔だ。

これは悪人の比喩というわけではないし、ペルセは商人としては良心的な方だと思う。

ペルセは文字通りの悪魔なのだ。

悪魔は、遺跡に巣食う人類の敵「魔族」と近い性質をもちながら、人間と同じ容姿を持つ存在のことだ。

彼ら彼女らは特異な力をもちながらも、奴隷として扱われ、人間から蔑まれてきた。

俺自身は悪魔を汚れた血をもつ存在だなんて思わないし、人間より下の存在だとも思わない。

けれど、帝国教会の教えに従う限り、悪魔は決して人間ではない。

迫害されるべき異端である。

「それなのに、ペルセさんはどうして帝都で商人をできているの？」

フィリアが俺に問いかける。

もっともな疑問で、普通ならペルセは奴隷身分のままで、商人として活動はできない。

人間と悪魔の混血者は奴隷でない者も多いが、純然たる悪魔は奴隷とされていることが普通だ。

しかも、ペルセは自分が悪魔だということを隠してもいない。

その理由は俺にあった。

「ペルセはですね、俺の『奴隷』なんです」

「え？」

「形式的な話ですよ。悪魔は帝国法では奴隷身分を離れられません。逆に言えば、形だけでも誰かに奴隷として仕えていればいいわけです」

もともとペルセは普通の奴隷の少女で、貴族の主人のもと、酷い扱いを受けながら働いていた。

その頃、魔法学校の学生だった俺は、ペルセの主人の貴族とひょんな機会から賭博をすることになり、そして大勝した。

俺は勝利の対価として、ペルセを手に入れた。

ペルセは俺を見つめて、微笑んだ。

「ソロンさんが私を解放してくださったんですよ。私の居場所を作ってくれたんです」

「ペルセには才能があると思ったからね」

「私はソロンさんの役に立ちましたものね」

酷い目に会っている女の子を助けてあげたい、という気持ちがなかったといえば嘘になる。

でも、俺がペルセを助けたもう一つの理由は、ペルセの鑑定士としての能力にあった。

魔族の性質をもつ悪魔だからか、ペルセには遺跡の財宝の真価を見抜き、また、人の魔法の素質を見極めて、最適な道具を提供できる力があった。

ペルセは俺の知り合いの商人に預けられて修行を積み、やがて、独立して商会を開いた。

その際の出資金には、俺が冒険者として稼いだ金を出している。

その金は今では倍以上になって返ってきた。

俺の計画通り、女商人ペルセは大成功を収めたのだ。

「俺が騎士団をやめさせられてからも、商売は順調？」

ペルセの商売は聖ソフィア騎士団に頼るところも大きかった。

騎士団の手に入れた財宝を代理で売りさばくとともに、騎士団の需要に応じて物資を納入する、というのがペルセの商会の売上の大きな柱だった。

俺が騎士団を追放されたことで、ペルセの商売が傾いていないか、心配だった。

けれど、ペルセは笑ってうなずいた。

「聖ソフィア騎士団とは変わらずに商売を続けさせてもらっていますよ」

「そうなの？」

「はい。クレオンさんも、私と取引を継続したほうが得だというのはわかっているんですよ」

ペルセが俺の奴隷だからという理由で、クレオンはペルセとの取引を打ち切ったりはしなかったらしい。

ということは、騎士団の動向を知る上でペルセは重要な情報源になる。

「私は商売で失敗したりはしませんよ。これからも、ソロンさんのお役に立てます」

ペルセは俺に右手を差し出した。

握手をしよう、ということだろう。

俺はその手を握り返した。

ペルセは俺の重要な協力者だ。

俺はペルセを奴隷として扱うつもりはなかったし、対等な存在でありたいと思っている。

そういえば、左手はフィリアとつないだままだ。

フィリアはつぶやいた。

「いいなあ。わたしも早くソロンの役に立てるようになりたいよ」

「弟子は師匠の役に立つことなんて、考えなくていいんですよ」

俺は微笑んでフィリアに言った。

その様子を見て、ペルセが俺たちに問いかけた。

「さっきから気になっていたんですが、ソロンさんは弟子に敬語を使うんですか？」

しまった。

うっかり忘れていたが、フィリアが皇女であることは隠すつもりだったのに、ついつい敬語を使ってしまった。

ペルセは興味深そうに俺たちを眺めた。

「ただの師匠と弟子というわけではなさそうですね。高貴な方なのだと想像しますが……」

ペルセは微笑み、それ以上、何も言わなかった。

俺がフィリアの正体を言うつもりがないということに、気づいてくれたのだろう。

万一、フィリアが皇女であると知られてしまっても、ペルセは信用できるからそれほど問題にはならないと思う。

それでも念のため、隠しておいたほうが無難だ。

「さて、ソロンさんとその可愛いお弟子さんは、私にどんなご用ですか？」

「この子の魔法の杖を探していてね。ペルセならぴったりのものが選べるんじゃないかと思ったんだけれど」

「この方に魔法を教えるんですね」

「俺の弟子だからね」

ペルセはフィリアをじっくり見て、それから言った。

「ソロンさん。差し出がましいようですが、私はこの方に魔法を教えることをお勧めできません」

「どうして？」

俺は意外に思って、ペルセに問い返した。

フィリアに魔法の才能があることは、鑑定のスキルをもつペルセにならわかるはずだ。

反対する理由はないと思う。

けれど、ペルセは首を横に振った。

「悪魔の血を引く人間は、魔法を制御できなくなるんですよ」

悪魔ペルセは、静かな口調でそう言った。

悪魔や悪魔の血を引く人間は、魔法を制御できなくなる。

ペルセはそう言った。

たしかにそういう言い伝えはある。

もともと魔族に近い性質をもつ彼ら彼女らは、強い魔法を使えば、本来の性質と共鳴して力を暴走させてしまう。

もっともらしい話だけれど、しかし、俺はそういった噂を信じてはいなかった。

「悪魔や悪魔と人間の混血者が、魔法を暴走させてしまうっていうのは迷信だよ」

「でも、帝国教会は公式にそう教えていますし、帝立魔法学校も悪魔の入学者を受け入れていません」

ペルセは顔色を変えずに反論した。

なるほど。

帝国の権威ある機関は、悪魔や混血者に魔法を教えることを好まない。

おそらく、帝国は怖れているのだ。

奴隷である悪魔や貧民層の混血者たちが魔法を使って反逆することを。

悪魔もその混血者も、魔法に高い適性を持っているものが多いから、魔法を習得すればかなりの力を手にすることになる。

だから、帝国は彼ら彼女らから魔法を使う機会を奪ってきた。

俺の出身の帝国辺境は悪魔に対する反感が薄い地域で、あまりこの種の迷信も信じられていない。

けれど、帝都では違う。

俺は皇女フィリアを振り返った。

フィリアが俺を不安そうに見つめ返す。

俺は四年前に偶然、一度だけ、フィリアに魔法を教えた。

その後、誰もフィリアに魔法を教えようとしなかったのはなぜか。

それはフィリアが悪魔の娘だからだ。

誰もが言い伝えを信じて、悪魔の娘であるフィリアに魔法を教えるのを避けてきたのだ。

俺はペルセに笑いかけた。

「合理的な根拠のない話だ。俺は一度も悪魔や混血者が魔法を暴走させるところを見たことはないよ。それに、ちゃんとした裏付けのある研究報告だって出ていない。隣国のアレマニア・ファーレン共和国では、悪魔や悪魔の混血者に魔法を教えるのを避けるなんて慣習もないはずだ」

「あら、さすがソロンさん。博識ですね」

「そういうペルセだって、知っているよね？」

ペルセは情報通の商人で、しかも自分自身が悪魔でもある。

悪魔が魔法を暴走させるという言い伝えが、迷信だということは知っているはずだ。

なんでペルセがそんな古い迷信を持ち出してきて、俺がフィリアに魔法を教えるのを反対するのか不思議だった。

そもそも帝立魔法学校のルーシィ教授がフィリアに魔法を教えることに賛成しているし、問題が起きるはずもなかった。

ペルセはうなずいた。

「そうですね。私も迷信だと思いますよ。でも、問題の本質は、悪魔や混血者が実際に魔法を暴走させるかどうか、というところにはありません」

「どういう意味？」

「帝国の多くの人は迷信を信じているんです。『汚れた血』の混血者が魔術師となれば、どんな目で見られると思いますか？」

ペルセの言いたいことはわかった。

もともと、悪魔や、『汚れた血』と呼ばれる悪魔と人間の混血者は、差別と蔑視の対象になっている。

それに加えて、魔法を暴走させてしまうかもしれないという偏見が加わったら、ますます激しく迫害される対象になるだろう。

「ソロンさんはこの子をそういう茨《いばら》の道を歩ませることになるんですよ」

ペルセは憂いを帯びた、美しい声で言った。

たしかにペルセの言うことは正論だ。

ペルセはフィリアのほうを向き、諭すように言った。

「リアさんと仰いましたね。これがあなたの本名かは私にはわかりません。けれど、純血の悪魔と混血者という違いはあれど、私とあなたは同類であることはわかります。リアさんは魔族を見たことがありますか？」

フィリアは小さくうなずき、「恐ろしかったよ」とつぶやいた。

ついこのあいだ、俺の屋敷の地下で、フィリアは初めて魔族を目にした。

俺が倒したその魔族は、六本足の異形だった。

その巨大な蜘蛛のような魔族は、その中心部が黒く濁り、半透明の醜い見た目をし、人を捕食して殺していた。

ペルセは言う。

「私やあなたは、あんな怪物たちと同類で、同じ血を引いているんですよ。率直に言って、差別されても仕方がないと思いませんか？」

「それは……わからないよ」

フィリアはうつむき、首を横に振った。

俺自身は普通の人間だ。

だから、彼女たちの悩みのすべてはわからない。

けれど、たしかに自分が異形の魔族と同じ血を引く、ということは恐ろしいことだと思う。

「だから、私はあなたがこれ以上、迫害されるような茨の道を選んで歩むべきではないと思っています。道は一つではないんです。魔術師になることだけが、生きていく方法ではありません」

ペルセが言い終わると、その場を沈黙が支配した。

たしかに、ペルセの言うことも一理ある。

フィリアやルーシィ先生に言われて、俺はフィリアに、魔術師となるための教育を施すつもりでいた。

でも、それがフィリアにとって一番良い道なのかはわからない。

しばらくして、フィリアは顔を上げて、綺麗に澄んだ声で言った。

「わたしがソロンに魔法を教えてもらうのは、わたし自身の願いだよ。だから、わたしはそのせいで自分が酷い目にあったって後悔なんてしない」

「その願いの行き着く先が、幸せな道とは限りませんよ。後悔はいつでも後になってやってくるものです」

「怖がっていたら、どこにも進めないよ。わたしは震えているだけの無力な女の子なんかではいたくない。ソロンみたいな、自分の力で自分の道を切り開ける魔法剣士になりたいの。それに」

「それに？」

「わたしの進む道が困難なものでも、ソロンが師匠として導いてくれるんだもの。きっと、きっと大丈夫」

フィリアはきっぱりと言い、俺を上目遣いに見つめた。

俺はうなずいた。

フィリアの言う通りだ。

迷信のために、フィリアが自分の進む道を諦める必要なんて無い。

もし、フィリアが理不尽な目にあうなら、俺が守る。

それが俺の役目だ。

ペルセは俺とフィリアを交互に見つめ、それからため息をついた。

「決意は固いようですね」

「そういうことだから、杖の選定を今からよろしく頼むよ。この子の適性を見ながら、細部を調整してあげてほしい」

そして、俺は価格を気にせず、一等品の杖を用意するようにペルセに伝えた。

質の高い道具を使えば、フィリアの魔術師としての素質をより早く高めることができるからだ。

けれど、横で聞いていたフィリアが驚いたような顔をした。

「ソロン……わたし、そんなに高い杖、買えないよ」

皇女フィリアは皇宮を出たため、フィリアのための皇室予算はかなり削られた。

なんとかフィリア自身の生活費はぎりぎり確保できているけれど、高価なものを買う資金の余裕はほとんどない。

俺は微笑んだ。

「これは師匠である俺からの贈り物です。少し早い誕生日プレゼントといったところでしょうか。俺が買いますから気にしないでください」

「そんなの、ソロンに悪いよ。ソロンのお給料だってほとんど支払えていないのに……」

「そんなことはいいんですよ。師匠はですね、弟子が成長してくれることが一番嬉しいんですから」

そう言って、俺はフィリアの頭を優しく撫でた。

フィリアは顔を赤くし、小さくうなずいて、されるがままになっていた。

†

魔法の杖の性能は、その本体の材質と、杖の核となる鉱石によって決まる。

例えば、聖ソフィア騎士団の幹部の一人、女賢者アルテの杖はヤナギの木をベースにして、大きなダイヤモンドを杖の上部にはめ込んでいる。

ヤナギもダイヤモンドも扱いづらい素材だけれど、術者が使いこなすことができれば、特に攻撃系黒魔法の使用では高い性能を発揮する。

実際にアルテはその杖を巧みに制御して、攻撃魔法の天才としての名声を手に入れた。

俺がペルセの助けを借りながら、皇女フィリアのために選んだのは、サクラの杖だった。

杖の核には白銀を使用してある。

どちらも術者に馴染みやすい、初心者向きの高品質な素材だ。

フィリアは赤みがかった色の杖を大事そうに抱きしめていた。

俺たちは杖を買った後、屋敷に戻ってきた。

屋敷一階の書斎を魔術の訓練用の部屋にしてあって、俺たちはその部屋にいた。

まだ昼過ぎだし、さっそく今日からフィリアに魔法を教え始めようと思ったのだ。

「いかがですか、初めての自分専用の杖は？」

俺は微笑んでフィリアに問いかけた。

「うん！　いい感じ。でも……」

「なにか不満がありますか？」

「ソロンがわたしのために用意してくれた杖だもの。不満なんてないよ。でも、ソロンみたいに魔法剣を使ってみたかったな」

そう言って、フィリアは俺の腰に下げられている宝剣テトラコルドをちらりと見た。

もともと杖がなくても微弱な魔法なら使えるし、さらに杖の代わりとなるものもある。

その一つが魔法剣や聖剣と呼ばれる特殊な剣だ。

けれど、俺は首を横に振った。

「本来的には、魔法剣を用いて魔法を使うのは邪道なんです。あくまでも、これは杖の代わりに過ぎません」

魔法剣は剣の柄と刀身を杖に見立てて、魔法の使用に利用しているのだ。

宝剣テトラコルドの核には蒼鉛《そうえん》が使われており、擬似的な杖となっている。

さらに純粋な剣としてもかなり優秀な性能をもつし、同時に剣自体が魔法を生み出す特殊な呪力を帯びている。

そのおかげで俺は多くの魔族との戦いを単独でも有利に進められる。

詠唱なしでそれなりの強さの魔法を放つこともできる。

けれど、魔術の訓練という意味では、魔法剣は普通の杖に比べれば使いづらい。それに剣自体の帯びる魔力に頼っていては、魔法の腕は上がらない。

「魔法剣は戦闘用の道具なんですよ。俺もルーシィ先生から魔法を教えていただいたときは、普通に杖を使っていましたしね」

俺が魔法剣を使うと、俺の師匠のルーシィ先生は渋い顔をした。

ルーシィ先生は「魔法剣なんて使うのは邪道なんだから、私の言うことに従って魔法の勉強に専念しなさい」と口癖のように言っていた。

でも、俺はルーシィ先生のような天才とは違う。

普通に魔法を使うだけで十分に活躍できるほど、俺には才能がなかったのだ。

だから、俺は魔法剣士となることを選んだ。

フィリアが弾んだ声で俺に話しかけた。

「じゃあさ、わたしもソロンみたいな魔法剣士になって、それで冒険者になれば、魔法剣を使えるってことだよね？」

「それはそうですが……」

フィリアは俺のような魔法剣士になりたい、と言う。

けれど、それが必ずしも正解だとは俺は思わない。

フィリアにはもっと適性のある道があるんじゃないだろうか。

例えば、聖女ソフィアのような、教会式の回復系魔術に強みを持つ白魔道士。

あるいは、賢者アルテのような攻撃魔法に特化した黒魔道士。

フィリアには魔法に高い素質がありそうだし、魔法剣士みたいな中途半端なものになる必要はないと思う。

でも、それはフィリアが決めることだ。

もちろん俺もフィリアの今後の方向性について、アドバイスはするけれど。

それより、今はフィリアに基礎的な魔術を教えるのを優先する必要がある。

フィリアに最初に会ったときは、杖なしでも使えるような本当に簡単な魔法しか教えていない。

「これから、ソロンがわたしに魔法を教えてくれるんだね」

「そうですね」

「いよいよ師匠と弟子になったって感じがするね！」

フィリアは嬉しそうにぱあっと顔を輝かせた。

そんな顔をされると、俺も嬉しい気持ちになってしまう。

俺とフィリアは顔を見合わせ、そしてくすくすと笑った。

さて、さっそく訓練だ。

「まずは簡単な浮遊魔術を使ってみましょうか。杖を構えてみてください」

「うん」

フィリアはサクラの木の杖を右手で握り、それを前へとかざした。

姿勢はそれで問題ない。

後は、そのまま「浮遊せよ」と言えば、フィリアはごくわずかに床から浮き上がることができるはずだ。

けれど、フィリアは「浮遊せよ」と唱えたが、何も起こらなかった。

フィリアが首をかしげる。

「たぶん杖にうまく魔力を通せていないんです」

「どうすればいいの？」

「俺が手助けします。少し、手をお借りしてもよいですか」

「いいよ」

フィリアは微笑むと、杖を握ったままの右手を差し出した。

俺はその白い手の上に、俺の手を重ねた。

「なんだか、くすぐったい感じだね」

「すみません。少し我慢していてください」

「ううん。わたしは、ずっとこうしていたいぐらいだよ？」

フィリアは綺麗な声でそう言い、少し頬を赤く染めた。

俺はフィリアの小さな手のひんやりとした感触を感じ、少し気恥ずかしくなった。

そういえば、俺も難易度の高い魔法を覚えるときは、ルーシィ先生にこうして手を重ねてもらって、一緒に魔法を使った。

そのときもルーシィ先生は恥ずかしそうにしていたけれど、今度は俺が先生の立場になったわけだ。

「俺と同時に詠唱してくださいね」

「うん。いっせーのーで」

フィリアが掛け声をかけて、俺もそれに合わせた。

「「浮遊せよ」」

ふわり、と俺とフィリアは浮き上がった。

成功だ。

一度、うまく魔力を杖に通せれば、感覚がつかめて次も問題なく同じ魔法を使えるようになる。

「では、そのままゆっくり魔法の出力を弱めてください……っと」

急にがくんと俺たちは床へと落ちた。

フィリアが早く魔法を止めすぎたのだ。

大した高さじゃないし、俺は問題なく姿勢を立て直せたけど、フィリアは違った。

俺は慌ててフィリアを抱き止めた。

「大丈夫ですか、フィリア様？」

「う、うん。ごめんね、ソロン」

そういった後、フィリアは顔を真っ赤にした。

フィリアは俺に正面から抱きしめられる格好になって、ほとんど唇と唇が触れるぐらい近くに互いの顔があった。

俺は慌ててフィリアから離れた。

「失礼しました」

「そのままキスしてくれてもよかったんだよ？」

「そんな冗談、言わないほうがいいですよ」

「手の甲と、ほっぺたにはもうキスしてくれたから、次は唇だよね？」

フィリアは上目遣いに俺を見た。

皇宮衛兵隊の副隊長であるギランとの決闘の際に、俺はフィリアの手の甲にキスをした。

フィリアのための決闘ということで、勝利の際の儀式として行ったのだ。

ほっぺたにキス、というのはフィリアにからかわれて、フィリアと「父と娘」ごっこをしたときのことだ。

どちらも気恥ずかしかったけれど、でも、まあ、親愛の情の現れという意味以上のものではない。

でも、唇にキスをする、というのは儀式や冗談でできることじゃない。

師匠と弟子という関係でするものでもないだろう。

「さて、次は別の魔法を使って、杖を馴染ませましょう」

「あ、話をそらすんだ」

「いえ、そういうわけではなくてですね……」

「ちゃんと答えてくれないと、ダメだよ？」

フィリアにまっすぐに見つめられて、俺は困惑した。

どう答えれば良いんだろう。

けれど、すぐに悩む必要はなくなった。

クラリスが部屋の扉を開けて入ってきたからだ。

メイド服姿のクラリスは、なにやら慌てた様子で、部屋に入るなり足を取られて、すってんと転んだ。

「うう、痛い……」

「だ、大丈夫？　クラリスさん？」

「うーん。ソロンさんが抱きしめてくれたら、治るような気がします……」

「大丈夫そうだね」

俺はクラリスの冗談を聞き流し、クラリスに手を差し伸べた。

クラリスはちょっと残念そうな顔をして、それから微笑んで、俺の手をとった。

「そんなに急いでどうしたの？」

「お客さんが来たんですよ！」

「客？　この屋敷に？」

「はい。しかもきっと大事なお客さんです」

クラリスは来客の名前を告げた。

客の名は、召喚士ノタラス。

聖ソフィア騎士団の十三幹部の一人で、俺のかつての仲間だ。

四話　招かざる客

騎士団幹部のノタラスがこの屋敷に来た。

考えられる理由は一つだと思う。

おそらく聖女ソフィアを騎士団に連れ戻しに来たんだろう。

皇宮でのゴルギアス侯爵との会話を聞いた誰かが騎士団に知らせたのか。

あるいはゴルギアス自身が騎士団に申告したのかはわからない。

けれど、ともかく聖女ソフィアが俺のもとにいるということは騎士団に知られてしまっているらしい。

目的が聖女の奪還であれば、ノタラスは歓迎して受け入れられる客ではない。

ただ、少なくともノタラスはわざわざ名乗り、こちらを訪問している。

聖女ソフィアを取り戻すなら、実力行使に訴えることだって、できなくはないのだ。

賢者アルテなら、そうするだろう。

ソフィアが皇女の従者となっているという事情があるからなのかもしれないが、ともかく、ノタラスはいちおう対話をしようとしてくれている。

なら、ノタラスを門前払いするというのは信義に反する。

俺はクラリスに言った。

「クラリスさん。ノタラスを客間に案内してあげてほしい」

「わかりました」

クラリスは勢いよくうなずくと、すぐに部屋から出ていった。

ともかく、ソフィアには寝室にいてもらおう。

それに、フィリアもノタラスに会わせないほうが良さそうだ。

「フィリア様はソフィアと一緒に寝室で待っていてください」

「どうして?」

「ノタラスは味方ではないですから。少なくとも、可能性としては敵になるかもしれません。なら、フィリア様がノタラスと会うのは危険です」

ありえないとは思うけれど、例えば、ノタラスが皇女フィリアを人質にとって、聖女ソフィアの引き渡しを要求する可能性もないではない。

もうひとつ問題なのは、ノタラスが召喚士であるということだ。

召喚士は魔族を自らの仲間として呼び出し、使役する。

そのため、召喚士は魔族やその同類である悪魔の性質には詳しい。

つまり、フィリアが悪魔の娘だということがバレるかもしれない。

相手がペルセのような信頼できる人間であれば良いけれど、ノタラスに弱みを握られるのは避けたい。

そのあたりのことを説明すると、フィリアはやけに聞き分けよくうなずいた。

一瞬、フィリアが好奇心から俺とノタラスの会話を盗み聞きするのではないかと思ったが、さすがにそんなことはしないだろう。

俺は厨房で紅茶を淹れた。それからお茶の入ったカップを二つ持って客間に行った。

クラリスにはノタラスの案内後、ソフィアに対する事情の説明をお願いしているから、俺が茶を淹れてしまうほうが早い。

客間はそれなりに綺麗な空間で、低いテーブルの両側に長椅子が置かれている。

奥側の長椅子に、髪を丸刈りにした青年がすでに座っていた。

召喚士ノタラスだ。

彼は俺に気づくと、微笑を浮かべ、そして立ち上がった。

昔からのことだけれど、ノタラスはかなり痩せている。

分厚い眼鏡の奥には、くぼみおちた眼が見えていた。

「久しいですな、ソロン殿」

ノタラスは甲高い声で言った。

独特の雰囲気から、ノタラスは騎士団の中でも少し浮いていた。

が、どちらかといえば、話のわかるやつだと俺は思っている。

「たしかに久しぶりだね。ソフィアを連れ戻しに来たのかな」

「それも用件の一つです。聖騎士クレオン殿は力づくでもソフィア様を連れ戻すように仰っていますからな」

ノタラスはあっさりとソフィアを連れ戻そうとしていることを肯定した。

団員の結束や対外的な宣伝という意味でも、純粋な戦闘力という意味でも、聖女ソフィアは騎士団に不可欠の存在だ。

やはり騎士団員たちはソフィアが抜けることを許さず、必死になってソフィアを連れ戻しにかかるつもりらしい。

ともかく、俺はノタラスに座るように促し、それから紅茶を勧めた。

彼はうまそうに時間をかけてそれを飲み、そして口を開いた。

「良い茶葉を使っていますな。それに丁寧に淹れられている。聖ソフィア騎士団の副団長じきじきに茶を淹れていただけるとは、我が輩は幸運だ」

「俺は元副団長だよ。俺は君たちに追放されたんだから」

「そのことについて、我が輩から申し上げたいことがあります」

「なに？」

俺が尋ねると、ノタラスは意外な行動に出た。

彼はテーブルに額が押し当てられそうになるほど、深々と頭を下げたのだ。

あっけにとられた俺に、ノタラスが言う。

「申し訳ありませんでした。ソロン殿を追い出すというのは愚行だったと考えています。我が輩は己の愚かさを恥じるばかりです」

それから、ノタラスは俺に騎士団の窮状を訴えた。

俺がいなくなってから、騎士団の運営はどうもうまくいっていないらしい。

あらゆる雑務が滞り、外部との交渉も遺跡の攻略も不調が続いている。

特に偵察に向かわせた団員たち十名が遺跡で死亡したというのは、俺もソフィアからすでに聞いていたけれど、ひどい話だと思う。

俺がいた頃は、安全第一で行動していたし、そこまで大きな犠牲が出たことはなかった。

「すべてはソロン殿の代わりとなった副団長代理アルテ殿の責任です」

「アルテ、ね」

賢者アルテは、俺を最も積極的に追放しようとした騎士団幹部だ。

そして、アルテは優秀な魔術師だが、団の運営にはあまり向いていなさそうだった。

騎士団内部の政治的な力関係で、アルテが副団長代理となったのだとは思うけれど、適材適所とは言い難い。

「すべての問題を解決する方法はたった一つ。ソロン殿に戻ってきていただくことです」

ノタラスは大げさに両手を広げ、断言した。

これは予想外だった。

召喚士ノタラスは聖女ソフィアだけでなく、俺をも連れ戻しに来たのだという。

俺は疑問を覚えて言った。

「ノタラス、君の真の目的は聖女ソフィアを連れ戻すことなんじゃないかな。その外堀として俺を利用しようとしている。俺が騎士団に戻れば、ソフィアも騎士団に戻ってくれるからだ」

たぶん、ソフィアが俺を追って騎士団を抜けたということも騎士団は知っているのだろう。

侯爵ゴルギアスの筋から聞いたのかもしれない。

ノタラスはまっすぐに俺の瞳を見つめた。

「人が人を想うというのは素晴らしいことですな。我が輩とて、ソロン殿とソフィア様の未来を妨げたいわけではないのです。そして、騎士団がソフィア様を必要としているのも、また事実」

「つまり、俺はやっぱり、聖女ソフィアを連れ戻すための材料ということかな」

「ソロン殿、信じてくださらないかもしれないが、我が輩はソフィア様の不在が生じる前から、貴殿に復帰していただくつもりだったのです。ソフィア様と同じぐらい、いや、それ以上に貴殿は騎士団に必要な方だ！　幹部会でも我が輩はソロン殿を呼び戻すことを提案しました」

「結果は？」

「四対六で否決です。しかし、幹部はみな動揺しています。ソロン殿自身が騎士団本部に乗り込み、幹部を説得すれば結果は変わります。間違いありますまい」

ノタラスは熱心な口調で語りかけた。

俺は頭を回転させた。

罠か？

たとえば、俺とソフィアが騎士団本部に戻った後、騎士団幹部がソフィアの身柄を強制的に確保する。その後、二度と邪魔されないように、俺を闇のうちに殺害するという可能性もある。

極端な話だが、あの賢者アルテならそれぐらいしかねないとも思う。

けれど、ノタラスにとってそうするメリットはない。

ノタラスはアルテと仲が悪い。逆に俺の追放に反対しなかったとはいえ、俺との仲は比較的良好なほうだ。

俺を連れ戻して副団長に復帰させれば、アルテを失脚させることができ、ノタラス自身の立場も強化できる。

ノタラスの提案自体はおそらく嘘ではないと見ていい。

ノタラスは俺の内心を図るように、説得の材料をさらに持ち出した。

「アルテ殿はとんでもない計画を立てています。死都ネクロポリスの攻略です」

俺は息を呑んだ。

死都ネクロポリスは帝都のそばにある遺跡だ。

過去より数多くの伝説級の冒険者たちが攻略に挑戦しながらも、誰も成功しなかった最難関遺跡の一つである。

ネクロポリスの最下層には目もくらむほどの財宝があるそうだし、遺跡で採集できる資源も豊富だ。

帝都という経済の中心地の近くにもあるし、これが解放できればたしかに莫大な利益がもたらされる。

そして、騎士団とアルテはかつてない名声を手にすることになる。

けれど、そのためにどれほどの犠牲を払えばよいのだろう。

俺もネクロポリス攻略は一度検討したことがあるけれど、試算ではネクロポリス攻略は現実的とは到底言えなかった。

しかし、アルテが大量の騎士団員を犠牲にするつもりなら、話は別だ。

そして、すでに騎士団員の命を使い捨てにしたアルテなら、同じことを繰り返すのにためらいはないかもしれない。

アルテは平然とした顔で、容易に攻略可能だと団員たちに言うだろう。

そして、騙された団員たちは命を落とすことになる。

「この計画にクレオン殿は反対していません。このままではネクロポリス攻略計画は実行に移されます。この計画を止められるのはただ一人。魔法剣士ソロンだけです。貴殿が騎士団に戻ることで、多くの命が救われるのです」

俺は絶句した。

たしかに、俺とソフィアが騎士団に戻って幹部たちを説得すれば、この計画は止められるかもしれない。

そうすれば、無謀な計画で大勢の人が死ぬのを止められる。

でも、俺は皇女フィリアの師匠だ。

上目遣いに俺を見つめ、俺を頼るフィリアの姿が目に浮かぶ。

俺が騎士団に戻ったら、フィリアのことは誰が守る？

誰が彼女の師匠をする？

俺はフィリアのそばにいると約束したのに。

俺はどうすればいいのか考えた。

迷う俺に、ノタラスが目をかっと見開いて決断を迫る。

「さあ、ソロン殿。ともに騎士団をあるべき姿へと正すのです。貴殿が握るのは正義の剣だ！」

俺は選択を強いられた。

一つの道は、騎士団に戻り、無謀なネクロポリス攻略を止めさせることだ。

ノタラスの言う通りなら、説得すれば何人かの騎士団幹部はこちらの味方をしてくれるだろう。

ネクロポリス攻略が多大な犠牲を払うということは幹部ならわかっているだろうし、アルテの失策についても不満がたまっているはずだからだ。

例えば、幹部の機工士ライレンレミリアは正義感の強い女性で、アルテのやり方を許さないだろう。

彼女は俺の復帰にも賛成していたという。

けれど、逆に、ネクロポリス攻略の主導者である女賢者アルテ、俺を嫌う守護戦士ガレルス、そして俺を追い出した新副団長クレオンたちとの対立は避けられない。

他にも少なくない数の幹部や団員がアルテたちの味方をするはずだ。

平和裏に説得するだけで終わればいいけれど、実力行使による対決に進む可能性は低くない。

こちら側の確実な札は、俺と召喚士ノタラス、そして聖女ソフィアの三人だが、これに機工士ライレンレミリアたちが味方として加わったとしても、アルテたちと戦闘になったときに勝ち目があるかどうか。

しかも、ソフィアは騎士団を抜けたいと言っていたのに、彼女をまた戦いに巻き込むことになってしまう。

もう一つの道は、見て見ぬ振りをすること。

アルテのネクロポリス攻略作戦による犠牲者の発生はやむを得ないこととして黙殺する。

そして、騎士団が聖女ソフィアを連れ戻そうとすれば、受動的にそれを食い止める。

少なくとも、俺について言えば、騎士団から追い出された身であって、騎士団に対して何の義理もない。

危険を犯して、アルテを止める義務もない。

そうすれば、皇女フィリアの師匠を続けられ、フィリアとの約束を守ることもできる。

けれど、それでいいのだろうか。

幹部以外の団員たちも、俺が勧誘して集めてきた騎士団の仲間だ。

彼ら彼女らが死地に赴《おもむ》くのを、放置するのは心が痛む。

「少し考えさせてほしい」

結局、俺は決めきれず、ノタラスに回答を待ってくれるように頼んだ。

ノタラスはやむを得ないというふうにうなずいた。

「あまり時間はありません。明日までにご決断を」

ネクロポリス攻略作戦実行はもう目前となっていて、アルテら幹部を含む多くの団員たちがすでに帝都に向かっているという。

ただ、そのなかにクレオンは含まれていないらしい。

「なあ、ノタラス。どうしてこんな作戦に、クレオンが反対しないんだと思う？」

「さて、我が輩にもわかりませんな。ソロン殿がいなくなったあたりから、あの方は人が変わったようになってしまいましたから」

以前のクレオンなら、こんな強引な手法による遺跡攻略は認めなかった。

ところが、いまやクレオン自身が遺跡攻略を苛烈な勢いで進めさせ、団員たちを酷使しているという。

クレオンは良識のある、優しいやつだったはずだ。

そのクレオンがなんでこんなことをしているのか。

一度、クレオンと直接、話をするのは手かもしれない。

ソフィアが騎士団を抜けることも、クレオンが認めてくれさえすれば、問題の解決にかなり近づける。

俺はノタラスを玄関へと案内しようとした。

また明日、もう一度、この屋敷をノタラスは訪れてくれるらしい。

そのとき、俺はどうするのか、彼に伝えることになる。

ノタラスがふと思い出したように俺に告げた。

「そういえば、ソロン殿。ここは帝都の郊外でも有名な葡萄酒の産地だと言いますな」

「そうだね。うちの屋敷にも葡萄酒の保管庫があるよ」

「ほほう。それはそれは」

ノタラスに問われ、俺は屋敷にある葡萄酒の銘柄や生産年について語った。

どの葡萄酒も俺が気合を入れて探してきたもので、粒ぞろいの品質だと思う。

ノタラスも、俺の説明を聞いて嬉しそうな顔をした。

「さすがソロン殿。お目が高い」

「一本もって帰る?」

「ぜひにも、お願いしたいですな。我が輩、うまい葡萄酒には目がないもので」

ノタラスが眼鏡の奥の目を輝かせた。

このノタラスはけっこうな酒好きで、特に葡萄酒にかなり詳しい。

せっかくなので、屋敷の葡萄酒の保管庫に彼を連れて行くこととした。

そこでいくつか銘柄を見ながら選んだほうが、彼も嬉しいだろう。

そして、俺が保管庫への廊下の扉を開けたとき、想定外のことが起こった。

そこには皇女フィリアがいたのだ。

「そ、ソロン。ごめんなさい」

フィリアは困ったような笑みを浮かべ、俺とノタラスの顔を見比べた。

屋敷の保管庫への廊下に、フィリアが用があるはずがない。

俺とノタラスの会話を盗み聞きしていたのだと思う。

聖女ソフィアと一緒に奥の部屋に隠れておくように、フィリアには言っておいたのに。

まずいことになった。

ノタラスは怪訝な顔をして、俺を振り返った。

「ソロン殿？　この方は？」

「まあ、その、なんていうのかな、預かっている子なんだよ」

使用人だ、という言い訳はできない。

フィリアの身につけているワンピースが高級品なのは明らかだし、口調だって使用人らしいものじゃない。

弟子だ、と言ってしまってもよいのだけれど、そういうと、ノタラスの興味を引きそうだ。

そうなれば、召喚士であるノタラスが、フィリアを悪魔の娘だと見破る危険が高くなる。

けれど、俺の配慮は無駄だった。

「悪魔の娘ですな」

ふむふむ、とノタラスは平然とした顔でうなずいた。

あっさりとノタラスはフィリアの正体に気づいてしまった。

ノタラスは魔族を使役する召喚士だ。

しかもノタラスは騎士団幹部になれるほどの実力者だった。

このぐらいのことは、当然、気付けるのだろう。

ノタラスは言った。

「預かっているとは、どなたから預かっているのですか？」

「それは……悪いけど、言えない」

俺は首を横に振った。

フィリアが皇女だということは、決してノタラスに知られてはならない。

皇女が悪魔の娘だということは、皇宮の中では公然の秘密となっていたとはいえ、世間に知られれば問題になりかねない。

しかし、ノタラスは俺にさらに質問を投げかけた。

「では、この娘の母親が誰かも言えませんか？」

「母親？」

「ええ。この娘は強い魔力を持っています。そして、混血者で悪魔の力を多く受け継ぐのは、母が悪魔だった場合ですからな」

フィリアの母親。

俺は彼女がどんな人物だったのか、何も知らない。

ただ、悪魔の奴隷だった女性で、皇帝の娘を孕み、そしてすでに亡くなったというだけのことしか知らないのだ。

そして、フィリア自身も、早くに亡くなった実母のことをほとんど何も覚えていないという。

ノタラスはフィリアをまじまじと見た。

怯えたように、フィリアが俺の背後に隠れて、ぎゅっと俺の服の袖を握った。

ノタラスが微笑した。

「よく懐いていますね。この娘はソロン殿の何なのですか？」

「俺の弟子だよ」

隠す必要もなくなったので、俺は端的に言った。

ほう、とノタラスが声を上げた。

「弟子、ですか。けっこう、けっこう。良い者を選ばれましたな。しかし、決して賢者アルテのような悪党に、この子を会わせてはいけませんぞ」

「理由はなに？」

「この子の引いている血には、特別な利用価値があるからです。詳細は……」

「詳細は？」

「ソロン殿が我が輩の提案に賛同して、騎士団本部に乗り込んでアルテをぶっ倒すと約束してくだされぱお教えしましょう」

ノタラスはにこりと笑った。

弱った。

フィリアに特別な利用価値があり、その理由はフィリアの母親にあるらしい。

けれど、ノタラスは交渉の材料としてこの話を使うつもりのようだった。

俺は肩をすくめた。

「そのことも考慮に入れて、考えることにするよ」

「聞いておいたほうがお得ですぞ」

ノタラスは言ったが、それ以上、重ねて俺を説得しようとはしなかった。

ともかく、明日になれば、俺はアルテたちを止めるために動くか、見て見ぬ振りをするか、どちらの道を選ぶか決めなければならない。

そこで前者を選べば、ノタラスはフィリアの秘密を教えてくれるらしい。

俺はすぐに追いつくからと言い、葡萄酒の保管庫に先に行くようにノタラスに伝えた。

廊下の先の出入り口からいったん建物を出て、庭園を横切りつつ別棟に行かないと、保管庫にはたどり着かない。

ちょっと遠いから先に行っておいてもらったのだ。

そして、彼の姿が消えた後、俺はフィリアをたしなめた。

「フィリア様。奥の部屋にいるように、俺は言いましたよね？」

「ご、ごめんなさい。でも、ソロンのことが心配で……」

「フィリア様に心配していただかなくても、俺は大丈夫ですが、フィリア様が危険な目にあえば俺も困ります。だから、俺の言いつけを守ってくださいね」

俺が諭すように言うと、フィリアはしゅんとした顔をした。

これはフィリアのためだ。

勝手にフィリアが動いていては、守れるものも俺は守れなくなってしまう。

「ソロン？　怒った？」

フィリアが不安そうに俺の目を覗き込む。

俺は首を横に振る。

「そんな顔しないでください。怒ってなんかいないですよ。ただ、俺との約束を守ってほしいだけです。師匠の俺が信じられませんか？」

「ううん。わたしはソロンのこと、信じてる」

「それなら、もう一度、約束しましょう。俺との約束を守るという約束です」

そして、俺は小指を差し出した。

指切りをするのだ。

フィリアは少しためらってから、俺の指に自らの指をからめた。

そして、フィリアはささやくように言った。

「ね、ソロン？　わたしのこと、気にしないで騎士団に戻っていいんだよ」

「ノタラスと俺の会話、やっぱり聞いていたんですね。盗み聞きはダメですよ？」

「えっと、ごめんなさい……」

素直に謝るフィリアを見て、俺は微笑んだ。

フィリアのことを置いて、騎士団に戻る。

やっぱり、そんなことは俺にはできない。

俺はフィリアに約束を守れ、と言った。

なら、俺もフィリアとの約束を守らないといけない。

俺はフィリアのそばにいると約束したのだ。

フィリアとの約束を守り、そして、騎士団の無謀な計画を止めさせる。

そんな第三の道はないんだろうか。

俺が考えていたとき、廊下の向こうから悲鳴が上がった。

召喚士ノタラスのものだ。

俺とフィリアはすぐにそちらへと向かった。

いったいどうしたのだろう？

ノタラスは腰を抜かして、中庭の地面に座っていた。

その向こうに数人の若者たちの姿が見えた。

その中央に黒いローブに身を包んだ魔術師がいた。

美しい黒髪と黒い瞳で、聖女ソフィアとならぶほどの可憐な容姿を持つ少女。

その魔術師は賢者アルテだった。

アルテは不機嫌そうに俺を睨んだ。

「ソロン先輩は役立たずなだけじゃなくて、本当に邪魔な人ですね！」

俺は屋敷の庭に目を走らせた。

そこには、聖ソフィア騎士団の幹部たちが立っている。

賢者アルテ。双剣士カレリア。そして、アルテの双子の妹である占星術師フローラの三人だ。

三人の少女の周りを数名の一般騎士団員が固めている。

アルテの男嫌いを反映してか、全員が女性だった。

それにしても、どうしてアルテがここにいるのか。

「わざわざアルテは俺に会いに来てくれたのかな」

俺はあえて軽口を叩いて、反応を見てみた。

アルテは信じられないといった感じで、蔑むように俺を見た。

「あたしの名前を気安く呼ばないでください！　そんなわけないでしょう。あたしはソフィア様をお連れするためにこんなところに来たんですから」

変だ。

死都ネクロポリス攻略の準備のためにアルテたちが帝都に来ているとは聞いていた。

ただ、聖女ソフィアを連れ戻す任務は、クレオンからノタラスに一任されていたそうだし、重ねてアルテが帝都郊外までやってくるのは筋が通らない。

まあ、アルテは聖女ソフィアに思い入れがあるようだし、彼女が一人でやってくるなら、まだ理解できなくはない。

けれど、その隣にいる双剣士の少女カレリアはクレオンの側近だ。

カレリアは剣士らしい、鍛え抜かれたしなやかな体つきの美しい少女だった。

剣技に差し支えないように、茶色の髪はさっぱりと短く整えられている。

そのカレリアはクレオンの命令なら何でも聞くというぐらい、クレオンに心酔していた。

クレオンが気づいているのかどうかは知らないけれど、カレリアはクレオンに異性としても好意を持っているのだと思う。

そんなカレリアがここにいるということは、クレオンの意向を反映している可能性が高い。

そして、アルテはその美しい顔に嘲りの色を浮かべた。

「あたしがここに来た理由はもうひとつあります。裏切り者の粛清です」

アルテのいう裏切り者が誰のことか。

当てはまるのは、この場に一人しかいない。

俺はノタラスをちらりと見た。

地面に膝をついたまま、ノタラスがつぶやいた。

「ソロン殿。申し訳ない。計画はすべて漏れていました」

聖女ソフィアと俺を騎士団に呼び戻し、幹部を説得して賢者アルテたちを失脚させる。

そして、無謀な死都ネクロポリス攻略を止めさせる、というのがノタラスの計画だった。

しかし、それはすべてアルテたちに事前に察知されていたらしい。

アルテはゆっくりとノタラスに歩み寄った。

「幹部会ではよくもあたしのことをバカにしてくれたわね。お返しよ」

そう言うと、アルテはすばやくノタラスの腹を蹴り上げた。

ぐふっ、とノタラスが痛みにうめく。

「あんたがソロン先輩を呼び戻すつもりだったことは、あたしたちみんなが知っていた。なのに、何の警戒もせず、あんたを放置していると思う？」

アルテはノタラスの肩のあたりから、何か針のようなものを抜いた。

それを指でつまみ、アルテは言う。

「これはあたしの魔装具の一つ。これを刺された相手の行動も会話も、なんでもあたしにお見通しってわけ」

つまり、俺とノタラスの会話はすべてアルテに盗聴されていたということだ。

まずい。

アルテは憎悪のこもった瞳を俺に向けた。

「騎士団にいたころは足手まとい。騎士団をやめた後もあたしたちの邪魔をしようとする。そんな先輩はいったい何様のつもりなんですか？」

「アルテ。ネクロポリス攻略なんてやめたほうがいいよ。成功しても失敗しても大きな犠牲を払うことになる。君自身のためにもならない。きっと酷い目にあう」

「ネクロポリス攻略は成功しますし、そして、あたしたちは名誉と栄光を手に入れられます。帝都の人たちだって、そこから得られる資源で楽して生活できるようになるんですから！」

「俺はそうは思わない」

「先輩はまだ副団長気分なんですね？　残念ですが、騎士団はもう先輩のものではありません。先輩の忠告なんて何の役にも立ちません」

「副団長なんかでなくても、最強の冒険者なんかでなくても、何が正しくて、何が正しくないかの判断ぐらいつくよ。例えば、仲間に無意味な暴力を振るうべきでないのは、当然のことだ」

「仲間？　ノタラスが仲間ですって？　あたしたちを裏切ろうとしたこの男が仲間なわけないじゃないですか」

そう言うと、アルテはノタラスの背中に杖を勢いよく振りおろした。

ノタラスがふたたび激痛に苦しむ声を上げた。

助けてやりたいが、うかつに動けばそのまま戦闘に突入だ。

状況はこちらに有利とは到底言えず、複数の騎士団員たちを相手に俺一人で勝てる見込みは低い。

「ねえ、カレリア。裏切り者がどうなるか、先輩たちに見せてあげて」

それまでずっと黙っていた双剣士カレリアが、大きな黒色の木箱を魔法でこちらへと滑らした。

そのカレリアの表情は不自然に引きつっていた。

俺は木箱を開ける前に、隣にいるフィリアに目をつぶっているように言った。

これから見るものを、フィリアには見せないほうが良さそうな気がした。

フィリアが怯えたようにうなずき、目を閉じたのを確認した後、俺は木箱を開けた。

そこには、瀕死の状態の騎士団幹部の女性、機工士ライレンレミリアが詰められていた。

「ライレンレミリアはね、先輩の復帰に賛成していたし、それにあたしのネクロポリス攻略にも反対でした。だから、ノタラスの計画に参加するつもりだったらしいですよ。拷問したら、簡単に吐いてくれました」

騎士団にいたころ、ライレンレミリアは異国の踊り子風の高価な衣装をつけていて、よく周りにその服を自慢していた。

その自慢の衣服はぼろぼろに引き裂かれ、ライレンレミリアはほとんど裸の状態だった。

美しい顔には大きな傷がつけられ、手足は折られ、不自然な方向に曲げられていた。

全身の至るところから血が流れ、木箱のなかには血溜まりができている。

俺はしばらく何も言えず、ようやく言葉を発したときに、自分の声がかすれていることに気づいた。

「ど、どうしてこんなことを……」

「あたしたち騎士団を裏切ったのだから、当然でしょう？」

「早く治療しないと……」

「手遅れになるでしょうね。いえ、今でも普通の治療方法では手遅れかもしれません」

「ライレンレミリアは俺と違って、騎士団の貴重な戦力のはずだ。それが失われることになるよ」

「大丈夫です。この屋敷には、たった一人だけ、彼女を治癒することができる力を持っている人がいるじゃないですか。聖ソフィア騎士団最強の回復魔術の使い手で、教会に認められた聖女様がいます」

俺はアルテの目的に気づいた。

ライレンレミリアを痛めつけたのは、一人の少女を屋敷の奥からこの場におびき出すための手段だ。

アルテは微笑み、言った。

「さあ、ソフィア様をここに連れてきてください！」

俺はアルテをまっすぐに睨んだ。

アルテは聖女ソフィアを屋敷の建物から出して、ここに連れてこいと言っている。

それはアルテたちがこの屋敷のからくりに気づいた証拠だ。

俺はやむを得ず、首を縦に振った。

ライレンレミリアは目の前で死の危険に瀕している。

聖女ソフィアの治癒の力を使うしかない。

俺は皇女フィリアを振り返った。

この場にいては、フィリア自身も危険だ。

「すみませんが、ソフィアにここに来るように伝えてきてください」

「う、うん。ソロン」

俺が言うと、フィリアはこくりとうなずいた。

「そして、絶対に建物から出ないでください。約束ですよ」

そして、心配そうに俺を見つめた。

フィリアはささやくような小さな声で、祈るように言った。

「ソロン……わたしたちに勝利を」

「必ず勝ちます」

俺が短く答えると、フィリアはうなずいて、建物の入口へと駆け出した。

俺はそれを見送り、宝剣テトラコルドを抜き放った。

けれど、戦うためじゃない。

「この者を癒せ」

俺は短くつぶやき、剣をライレンレミリアの上にかざした。

いちおう俺も回復魔術を使えるが、これほど重傷では気休め程度にしかならない。

それでも、やらないよりはマシだった。

ライレンレミリアが、かすかにうめき声を上げた。

一方、アルテはソフィアが出てくるまでは戦闘を開始するつもりはないようだった。

アルテはソフィアを連れ去るためにここに来ていて、その目的を果たすためには、ソフィアが建物から出てくるのを待つのが一番良いと判断したようだ。

俺がライレンレミリアを魔法で回復させながら、ふたたびアルテの方を見た。

アルテは勝ち誇った表情をしていた。

「これでソフィア様はここに来ます。そうなれば先輩が頼みにしているその建物の結界も役に立たなくなりますね」

「何のことかな」

俺はとぼけてみせたが、無駄だった。

アルテは俺をやり込めるのが嬉しくてたまらないといったふうに、弾んだ声で言う。

「この建物には強力な魔術結界が何重にも展開されてます。さすがは聖女ソフィア様の張った結界だけあって、あたしたちではほとんど破れません。ですから、この建物のなかに立てこもられたら、あたしは先輩たちに指一本ふれられないわけですよね」

「屋敷の門や庭にも結界をかけてあるんだけどね」

俺は試しに言ってみた。

「そっちはすべて解除しました。建物の外の結界は先輩がかけたものでしょう。いくらソフィア様が素晴らしい力を持っていても、必要な魔力の量を考えれば、一人でかけられる魔術結界の量には限界がありますからね」

「まったくそのとおり。俺のかけた結界なんて何の役にも立たないよ」

「そうでもないでしょう。先輩のかけた結界は弱すぎますから、屋敷への侵入者は簡単に結界を破り、そして油断します。その後に無警戒に建物に侵入者が入れば、ソフィア様の結界に囚われ、退路も断たれてしまうというわけです。ですから、先輩のかけた結界も、罠としてちゃんと役に立っているわけです」

「褒めてくれて嬉しいよ、アルテ。でも、そのとおりに油断してくれていたほうがもっと嬉しかったけどね」

「褒めているんじゃなくて、嫌味だってわかりませんか？　先輩が二流だから、大した結界も張れないってことですよ」

俺の軽口に対して、アルテは心底嫌そうな顔をして答えた。

俺は乾いた笑いを浮かべ、そして考えた。

純粋な戦闘力だけで言えば、アルテは聖ソフィア騎士団幹部のなかでも抜群の実力を誇る。

けれど、こういう小細工的なことに気づくほど、細かい神経をしていないはずだ。

俺はアルテの隣にいる剣士の少女に問いかけた。

「これに気づいたのはカレリアだよね」

カレリアは何も答えず、じっと俺を見た。

無言は、肯定の意味だろう。

彼女は無口だけれど、戦闘における要領がよく、戦なれした優秀な剣士だ。

俺はもう一押しした。

「アルテだったら、建物の結界に気づかずに突撃していたはずだよ。そうなったら、俺たちの勝ちだった。戦士としてはアルテは二流以下の三流だ」

痛いところを突かれたのか、アルテはムッとした表情をした。

「あたしは一流の魔術師。ソフィア様以外の誰よりも優秀な賢者です。そして、ソロン先輩はただの四流の魔法剣士。先輩が四流なのは、あの銀色の髪の女の子の扱い方を見てもわかります」

銀色の髪の女の子、とは皇女フィリアのことだと思う。

でも、アルテは何を言いたいんだろう？

そういえば、召喚士ノタラスはフィリアを決してアルテに会わせるなと言っていた。

そのノタラスはどこかを痛めたのか、地面に這いつくばったままだった。

ノタラスが咳き込みながら、何か喋ろうとしていたが、それは言葉にならず、その前にアルテが次の言葉を口にした。

「あの銀髪の子は、七人の魔王の子孫でしょう」

アルテの言葉の意味をすぐには飲み込めず、俺はしばらく考えた。

七人の魔王。

それは遺跡の奥底に眠っている魔族と悪魔の王だ。

皇女フィリアがその子孫だという。

魔王がいるとされるのは古代王国時代の七つの遺跡で、それぞれに一人ずつ魔王がいる。

だから、七人の魔王と呼ばれるのだ。

例えば、死都ネクロポリスはまさに古代王国の首都だった場所で、魔王が最深部には鎮座しているという。

でも、それがどこまで本当なのかは疑わしかった。

もう二千年にわたって、誰も七人の魔王の姿を見ていない。

古代王国は魔王の侵攻によって滅ぼされたという。

でも、それは伝説や神話の類だ。

魔王が魔族と悪魔を率い、人間の国を滅ぼしていた時代があったとしても、遥か昔に終わった。

いまや魔族は遺跡のみに住む討伐対象だし、悪魔は普通の人間に迫害されている。

かつて魔王と呼ばれる存在がいたとしても、もはやすべて滅び去ったのではないかと俺は思っている。

ただ、七人の魔王の子孫と呼ばれる存在がいるのは確かだ。

古い血を残した悪魔たちのなかでも、ごく一部だけが魔王の血を引いている。

魔王はその無尽蔵の魔力で、古代王国の都市を完全に破壊するまで攻撃し続けたという。

つまり、魔王にはそれほど多くの魔力量があったわけで、魔王の血を引くとされる者も極めて高い魔力量を誇っている。

というのは俺が本で得た知識であり、魔王の子孫は極めてまれな存在で、実物を見たことはなかった。

アルテは言う。

「魔王の子孫は、あたしたちのような高位の魔術師とは共鳴します。高い魔力量を持つ魔王の子孫は、優れた魔術師の存在と惹かれ合い、相手が何者なのか感覚でわかるんです」

「なるほどね。確かにあの子は、かなりの魔法への適性があると思ったけど、そういうことか」

「先輩はあの女の子が魔王の子孫だって気づけなかったでしょう。だって四流以下の魔術師ですものね」

「悪かったね。でも、それがわかったところで、何か違ってくるところはあるかな」

「先輩だって知っているでしょう。魔王の子孫にどんな役目があるかを。だって、知識だけはあるんですものね」

アルテは嘲るように言い、俺は黙ってうなずいた。

高い魔力量を誇る魔王の子孫は、歴史上、人間に利用されてきた。

生きた魔力の供給源として、つまり魔術師の道具として使われてきたのだ。

大きな魔力があれば、魔術は格段に使いやすくなる。

魔王の子孫を道具として横に控えさせれば、人間の魔術師は大きく魔術を強化できる。

しかし、それには大きな代償がある。

魔王の子孫を「改造」してしまう必要があるのだ。

通常、人や悪魔が持っている魔力は自分自身で使うためのものだ。

だから、他者への魔力供給を可能にするために、「出力」方法を変化させる必要がある。

そうして改造された魔王の子孫は二度と自分では魔術を使えなくなる。それどころか改造手術の影響で、廃人になってしまうことも珍しくない。

けれど、魔術師にとっては問題ないのだ。

ただの道具にすぎないのだから、魔王の子孫がどうなってしまってもかまわない。

悪魔や混血者が奴隷であれば、法律上の問題もない。

アルテは目を輝かせた。

「あの銀髪の子は、素晴らしい素質を持っています。きっと魔王の血がとても濃いんです。あれほどの魔力量を持っている魔王の子孫なんて、なかなかいません」

「ずいぶんと詳しいね、アルテ」

「ええ。だって、先輩がいなくなった後、あたしはもう三人も魔王の子孫を奴隷にして、『使って』きましたから。一人目と二人目はあまり役に立ちませんでしたけど、三人目はあの銀髪の子みたいな可愛い女の子で、すごく便利な道具でした」

「その子たちはどうなった？」

「壊れちゃいましたね。だから代わりが欲しいんです」

当然のように、さらりとアルテは言った。

俺はぞっとした。

壊れた、というのは、つまり死んだか、それに近い状態になったということだろう。

けれど、アルテはまったく罪悪感を感じていないようだった。

「先輩があの女の子を魔力供給源にしてないなんて、あたしからしたら考えられません。だから先輩は四流なんです」

「あの子は俺の弟子だよ。道具じゃない。魔力供給のための改造なんてしたら、あの子は魔法を使えなくなってしまう」

「先輩の弟子になるなんて、あの子がかわいそうですよ。先輩なんかに教えられてたら、先輩みたいなダメ魔術師になっちゃうじゃないですか。だったら、あたしがあの子をよりふさわしい道へと導いてあげるべきですね」

「よりふさわしい道？」

「女賢者アルテの道具として、その魔力を供給する栄光ある役割をしてもらうってことです。それがあの子の幸せなんですから」

俺は絶句した。

どうしてそういう話の流れになるのか、まったく理解できない。

俺なんかに教えられていたら、フィリアのためにならない、という部分は一理あるかもしれない。

だからといって、どうしてアルテの道具となることがフィリアの幸福につながるのか。

俺の疑問にアルテは答えた。

「人間でも悪魔でも、与えられた力と才能を正しく使って、その役目を果たすことこそが幸せなんです。そうあたしは考えています」

「だから、あの子にとっては、魔王の子孫として賢者様のお役に立つことこそが幸せだって？」

俺が皮肉っぽく聞き返すと、アルテはためらいなくうなずいた。

「汚れた血の悪魔の娘なんて、誰にも必要とされていないはずです。何の役にも立ちません。だから、あたしが必要としてあげるんです。ソフィア様だけじゃなくて、あの子も連れて行ってあげます。帝国最強の冒険者の重要な道具になるなんて、汚れた血の混血者にとっては最高の栄誉じゃないですか」

たしかに、皇女フィリアは皇宮では誰にも必要とされていなかったかもしれない。

父である皇帝からは存在を無視され、母親もいず、皇宮の衛兵も使用人もフィリアを遠ざけていた。

けれど、今は違う。

「アルテ。君は勘違いしているよ。あの子は偉大な魔術師になる。そしてあの子は、俺にとっては大事な弟子だ。俺はあの子を必要としている」

「へえ」

アルテが愉しそうに笑った。

「道具の代わりが見つけられただけじゃなくて、先輩の大事なものを奪えるなんて、二つの意味で楽しみですね。先輩の前であの子に『改造』を施してあげてもいいんですよ。あれ、すごく痛いみたいですから、いい声で泣き叫んでくれるもの。あ、でも、そのときにはきっと先輩も口が利けなくなっていますね」

「それはできないよ。あの子は帝国の第十八皇女フィリアだ。手出しはできない」

俺は切り札を切った。

フィリアが皇女であることはなるべく持ち出したくなかった。

悪魔の娘だと知られてしまっているから、なおさらフィリアの名前を出すのはリスクが高い。

けれど、ソフィアを連れ戻されないためにも、フィリア自身を守るためにも、皇女の権威を使うのが今は一番良い手段だ。

けれど、アルテは俺の言葉を一蹴した。

「あの子が皇女フィリアだってことぐらい、知っていますよ。先輩が皇女フィリア殿下の家庭教師となったことも、この家に皇女とメイドとソフィア様と一緒に住んでいることも、全部ね。調査済みなんです」

「つまり、知ってて皇女に反逆するってことかな」

「バレなきゃいいんですよ。混血の皇女が一人ぐらい行方不明になったところで、帝政政府は必死になって探したりしません。あたしたちの騎士団は帝国から警察権だって与えられています。法律違反の隠蔽なんて簡単です」

俺は傷つき横たわるライレンレミリアの顔を見た。

彼女の顔は激しい痛みに歪んでいる。

ライレンレミリアへの暴行も、アルテたちはもみ消すつもりなのか。

仮にも貴族の娘であるライレンレミリアに対する犯罪行為をそう簡単になかったことにはできないし、皇女誘拐の隠蔽はさらに難しいと思う。

新副団長のクレオンがこんな愚行に賛成したとは、到底信じられない。

けれど、賢者アルテは自信たっぷりのようだった。

「あたしたちの新しい後援者には、国家権力の中枢に携わる人物と組織がついているんです。だから、先輩が心配することはありませんよ。安心して……殺されてください！」

そう言うと、アルテはヤナギの杖を俺にまっすぐに向けた。

ほぼ同時に聖女ソフィアがその場に姿を現した。

聖女ソフィアは普段どおりの純白の修道服をまとっていたが、その顔は真っ青で、翡翠色の瞳は大きく見開かれていた。

ソフィアの瞳は鋭くアルテたちを見つめていて、燃えるような激しい怒りに彩られている。

「わたしはアルテさんがここまで愚かだったなんて知らなかったよ」

しかし、賢者アルテの耳にはその言葉が届いていないようだった。

アルテは目を輝かせ、ぱぁっと明るい表情になった。

「聖女様！　またお会いできて嬉しいです！」

「わたしも本当なら嬉しいって言いたいよ。アルテさんはわたしを慕ってくれていたんだから。でも……こんなふうにライレンレミリアさんに大怪我させて、ソロンくんを傷つけようとするなら、わたしはアルテさんのことを許さない」

言うと同時に、聖女ソフィアはイチイの杖を握って前へと飛び出した。

杖をアルテに向けたソフィアは、「主よ、あなたは私の盾であり、剣です。罪人の私に力をお貸しください！」と教会式攻撃魔術を詠唱した。

けれど、詠唱から魔術発動までの隙を狙い、双剣士カレリアが踏み出して剣を振りかざし、ソフィアの杖をその刃に捉えようとした。

カレリアの狙いは外れた。

その二つの剣は弾き返されたのだ。

俺がソフィアの前に立ち、宝剣テトラコルドでカレリアの斬撃を受け止めたからだ。

一方で聖女ソフィアの詠唱した攻撃魔術は大きな白い光の渦となり、上空からアルテに向かって降り注いでいた。

アルテは一人では支えきれないと判断したのか、双子の妹の占星術師フローラと一緒に上空へ向けて手をかざし、攻撃を受け止めようとした。

賢者アルテはなんとか踏みとどまったけれど、フローラのほうは攻撃に耐えきれず吹き飛ばされた。

フローラは防御をとりつつあったようだから、大きなダメージを受けていなかったようだけれど、それでも屋敷の柵に背中から叩きつけられ、気を失ったようだった。

ともかく、俺はソフィアに叫んだ。

「ソフィア！　戦闘より先にライレンレミリアの治療をしないと手遅れになる！」

「わかっているよ……わかっているけど、回復魔術を使っているあいだにソロンくんが殺されちゃう」

ソフィアがつぶやいた。

聖女ソフィアは偉大な力を持った魔術師だけれど、弱点がないわけじゃない。

詠唱と発現に時間のかかる魔術が少なくないのだ。

ライレンレミリアは重傷で、聖女の力を使っても、その傷を治すにはある程度の時間がかかりそうで、治しているあいだの聖女は他の魔法を使えなくなる。

そして、もはやソフィアがここに現れた以上、アルテが戦闘開始をためらう理由はない。

俺一人で複数の幹部を相手にすれば、確実に殺される。

そのとき、ずっと黙っていた敵の双剣士カレリアが口を開いた。

「聖女様がライレンレミリアを治しているあいだ、私たちは剣士ソロンの安全を保証する」

カレリアは真剣な目で俺を見つめた。

機工士ライレンレミリアは騎士団にとって重要な戦力だから、死なせるつもりはないらしい。

つまり、ライレンレミリアを治療しないと困るのは向こうも同じようだった。

賢者アルテは、やむを得ないという感じでカレリアの言葉に同意した。

一応、信用してもいいのだろう。

ソフィアはライレンレミリアのもとに駆け寄り、傷つくライレンレミリアの足元に杖を軽く当てた。

そして、教会式魔術の詠唱を行った。

「我らの神よ、傷ついた者を憐れみ給え。我らはみな十字架を背負う罪人。この者を癒やし、御名のために義の道を歩ませてください」

瞬間、空気が変わった。

まばゆいばかりの光がライレンレミリアを包み込み、その周りの光景が歪んで見えた。

あまりにも大きな魔力が空間に干渉しているのだ。

さすがは聖女ソフィアというべきか、俺の使う回復魔術とは格が違う。

二分ほど経って、ようやくソフィアの回復魔術は完了した。

これでライレンレミリアは少なくとも命を落とすことはないだろう。

ただし、回復魔術は怪我のすべてが治せるわけではないので、後は医学や薬学の出番ということになるし、すぐにライレンレミリアを戦闘可能な状態にすることは難しそうだ。

さて、敵は占星術師フローラがすでに戦いから脱落している。

残るは賢者アルテ、双剣士カレリア、および、その他数名の女性の一般団員だ。

一般団員数名もそれなりの実力者が集められてきているように見えたし、数を力として取り囲まれると面倒だ。

俺と聖女ソフィアは隣同士に並んで、それぞれの武器を構え、敵と対峙した。

いよいよ決戦だ。

さて、どうすればいいだろう？

たとえば、こちら側も対抗して多くの味方を用意できれば良いのだけれど。

そのとき、俺の隣に一人の男が立った。

「いやはや、ご迷惑をおかけしましたな、ソロン殿」

声の主は、さっきまでアルテに暴力を振るわれて、地面に這いつくばっていた召喚士ノタラスだ。

三人目の強力な味方が復活したのだ。

俺は自分の声が弾むのを感じた。

「ノタラス！　怪我はない？」

「大きなものはありません。さきほどのソフィア様の攻撃があったおかげで、態勢を立て直すことができました」

ノタラスは痩せこけた頬に笑みを浮かべた。

その眼鏡の奥の瞳がキラリと光る。

「さて、不意打ちのせいで失態を晒してしまいましたが、挽回させていただくとしましょう。……来たれ、地より出でし魔の者たちよ！」

召喚士ノタラスは杖を振りかざして叫んだ。

†

召喚士ノタラスの叫びとともに、地面から六体の魔族が現れた。

腐食し、濁った見た目の獣のような怪物だ。

そのそれぞれが鍵に似た銀の装身具を差し込まれている。

それは魔族を制御するための道具だった。

本来、人類の敵である魔族を使役するのは相当の危険をともなう。

魔族は絶対に自分の味方にさせなければならないし、反逆を起こされたり逃亡されたりしたら大問題だ。

そこで銀の鍵状の道具、「王の鍵」が魔族の肉体に埋め込んであるのだ。

古代王国最後の王が作り出したとも言われるその道具は改良を重ねられ、使役する魔族を服従させるための高い効果を発揮していた。

しかも、手慣れた召喚士であれば召喚と同時にこの鍵を魔族に付加させることができる。

召喚士にとっては必須のアイテムと言える。

「幹部以外の団員たちは我が輩のほうで引き受けます。ソロン殿とソフィア様は、幹部二人と戦うことに専念してくだされ」

「わかった。ノタラス、助かるよ」

「お安いご用ですとも！」

ノタラスは軽快にそう答えると、一冊の書籍を懐から取り出した。

杖と「王の鍵」と並ぶほど、召喚士にとっては魔導書も重要なものだと聞く。

魔導書による強化と指令で召喚魔族たちは戦うからだ。

「さあ、行け！　我が輩のしもべたちよ！」

ノタラスの号令とともに、六体の魔族が一斉に平団員たちのほうへと駆け出した。

それを見つつ、俺は聖女ソフィアの前に立った。

前衛は俺、後衛がソフィアということだ。

聖女ソフィアは圧倒的な力を持っているけど、自分だけでは自分の身を守れない。

ソフィアは攻撃に徹し、俺が盾役としてソフィアを守ることになる。

「頼むよ、ソフィア」

「わたしを守ってね、ソロンくん」

俺たちは声をかけあい、それぞれの武器を構えた。

敵も双剣士カレリアが前衛として防御を行い、賢者アルテが後衛として攻撃を担当することになるだろう。

聖ソフィア騎士団の幹部だから、いずれも強敵だ。

けど、俺たちも聖ソフィア騎士団の元団長と元副団長だ。

きっと何とかできるに違いない。

俺がうまく盾役を努め、聖女ソフィアの力を万全に発揮させることができれば、間違いなく勝てる。

そして、仮に勝てなくても、時間を稼ぐことさえできれば、もう一つ、秘密裏に打っておいた策が効果を発揮するはずだ。

結界だけが俺の頼みの綱ではない。

双剣士カレリアは両手に二つの宝剣を握り、それをまっすぐに俺に向けた。

碧《あお》の宝剣ロゴスと朱《あか》の宝剣パトス。

どちらの宝剣も、昔、聖騎士クレオンが使っていたものだ。

クレオンは帝都北方の大迷宮攻略時に秘宝である聖剣を手に入れた。

その後に、宝剣ロゴスとパトスは、クレオンがカレリアに譲ったのだという。

どちらの剣も聖剣ほどではないが極めて高い価値を持つし、双剣士がそれを二つ同時に使えば、黒竜の鱗《うろこ》をたやすく断ち切るほどの威力を有するはずだ。

そして、その二つの剣は、きっとカレリアにとっては別の特別な意味がある。尊敬し、好意を寄せるクレオンからの贈り物なのだ。カレリアは二つの剣をとても大事にしていると聞いていた。

カレリアは少女らしい高い声を張り上げた。

「決着をつけてやる、魔法剣士ソロン！　貴様などいなくても、聖騎士クレオン様さえいれば騎士団が安泰であることを証明してやろう」

次の瞬間、カレリアが俺の目の前にいた。

おそらく賢者アルテの加護を受けて、速度を増しているのだ。

二本の剣が左から俺に襲いかかる。

俺はなんとかその剣を受け止めた。

俺は宝剣テトラコルドを振り、反撃に出ながら言った。

「カレリアに聞きたい。どうしてクレオン自身が聖女ソフィアの説得に来なかった？」

「クレオン様はお忙しいのだ！　あの方は計画の実現のために、皇帝官房第三部の要人と会っているのだから」

皇帝官房第三部？

皇帝直属の秘密警察組織のはずだ。

どうして聖ソフィア騎士団の副団長が秘密警察になんて用があるのか。

わからない。

それに、そんなことが聖女ソフィアを連れ戻すことよりも重要なことだとは思えない。

ここにクレオンが来ていないのは、何か別の理由があるのではないか。

そんな気がした。

俺は言った。

「婚約者を連れ戻すのを、よりにもよってカレリアに任せたのか。クレオンもひどいことをするな」

俺が言った瞬間、カレリアの剣筋が若干ぶれた。

たぶんだけれど、クレオンのことが好きなカレリアにとって、ソフィアという婚約者がいるのは複雑な気持ちだろう。

ソフィアのほうがクレオンのことをなんとも思っていないとしても、少なくともクレオンのほうは聖女ソフィアを連れ戻そうとする程度には必要としている。

クレオンは、自分に片思いしている相手に、自分の婚約者を連れ戻させているという、なかなかひどいことをしているわけだ。

カレリアは碧の宝剣ロゴスを力強くこちらへと振り下ろし、俺はそれを受け流した。

「クレオン様を悪くいうのは許さない！　私はあの方に憧れて、この騎士団に入ったんだ！」

「クレオンはいいところもあるけど、欠点もいっぱいあるやつだよ」

「昔からのクレオン様の知り合いだからって、なんでも知っているみたいな口をきくな！　私は貴様のそういうところが嫌いだったんだ」

「憧れているだけじゃ、クレオンの気持ちは手に入らないよ」

明らかに動揺しているカレリアに対し、俺は冷静に言って、それから宝剣テトラコルドを振った。

通常の斬撃に加え、炎の攻撃魔法も同時にカレリアの足元に放ったのだ。

俺は、剣技ではカレリアに劣り、魔法ではアルテに遥かに及ばない。

けれど、二人と違って、両方をそれなりに使えるのが俺の強みだ。

カレリアは足元の炎に気を取られ、避けるために若干姿勢を崩した。

そこに宝剣テトラコルドの刃が迫る。

しかし、テトラコルドの刃はカレリアに届かなかった。

アルテが魔法障壁をカレリアの前に展開したからだった。

離れた位置からアルテはくすりと笑い、その美しい黒髪をかきわけた。

「聖女様がどれほど強くても、先輩が三流以下であるかぎり、あたしたちには勝てませんよ」

そして、賢者アルテはヤナギの杖を大きく振りかざした。

さらにカレリアも魔法障壁に守られながら態勢を立て直し、ふたたび俺に素早く斬撃を放った。

同時にアルテが素早く呪文を詠唱する。

「形あるものはすべて虚しきものと異ならず、虚しきものはすべて形あるものと異ならない。我は五大元素の真理を知る者。精霊よ、汝の力を貸せ！」

アルテの杖の先から、赤・青・黄・緑・白の五色の光の束が大量に放たれる。

巨大な魔力を出力した攻撃魔法だ。

これほどの量の魔力を使えるのは、アルテが優れた賢者だからであり、また、魔王の子孫たる奴隷たちの犠牲による強化もあるんだろう。

俺はカレリアの碧の宝剣による一撃目を受け流し、朱の宝剣による二撃目をなんとか受け止め、後退した。

しかし、次の瞬間、アルテの攻撃魔法がこちらに襲いかかる。

一撃目の赤い光の束は、宝剣テトラコルドで断ち切った。

二撃目も同じ。

しかし、次の攻撃が防ぎきれない。

ソフィアがとっさに防御魔法を展開して、続く二色の光の攻撃を弾き返した。

けれど、最後のアルテの攻撃が貫通し、俺の右腕をかすった。

腕が削れ、血飛沫が上がる。

なんとか声を上げずにすんだけれど、痛みに顔がゆがむのは隠せなかった。

アルテの攻撃魔法は斬撃による殺傷能力に加えて、その通過した部分を焼き切る効果がある。

俺は自分の焼けただれた右腕の表面を見て、苦笑いした。

自分のことながら、ひどい怪我だ。

ソフィアが慌てて後ろから杖を振り、呪文を唱えた。

「この者を癒せ！」

すると、俺の腕の傷口が八割ぐらい修復された。

ライレンレミリアほどの重傷ではないから、ソフィアの力をもってすれば、一瞬で治せることは治せる。

けれど、回復魔法だけで完全に治すことは難しい。

右手で宝剣を振るい、カレリアの再度の攻撃を受け止めたが、正直かなり痛む。

動きがわずかに鈍った俺に、カレリアがさらに畳み掛けるように二本の剣を振るい、追い詰める。

そこにアルテの五月雨《さみだれ》のような魔法攻撃が重なる。

宝剣テトラコルドの力とソフィアの防御のおかげで魔法攻撃のほうは防げたが、今度はカレリアの斬撃を受けとめきれなかった。

俺の肩をカレリアの朱の宝剣が切り裂く。

肉が削がれ、骨が断たれたようだ。

俺は後ずさったが、目の前に血が川のように流れていた。

なんとか剣だけは握ることができている。

「この者を癒せ！」

ソフィアがふたたび回復魔法を唱えたが、その声は泣きそうに震えていた。

肩の傷は治った。

まだ戦える。

二度、三度と同じようなことが繰り返され、俺は傷つき、そのたびにソフィアが回復魔法をかけた。

徐々に俺は後退していく。

魔術は術者の位置が対象から遠く離れれば、それに比例して効果も減弱していくし、逆に術者が対象に近づけば、比例して効果が向上していく。

だから、ソフィアの強化魔法と回復魔法を受けるのであれば、ソフィアにある程度は近い位置に立つのが効果的だ。

一方で、前衛が後衛である魔術師のそばにいれば、予想外の敵の攻撃に後衛を巻き込んでしまうかもしれず、良いことばかりではないけれど。

五回目の攻撃で足を切断されかけた俺に、ソフィアが後ろから懇願するような声を投げかけた。

「このままだとソロンくんが死んじゃうよ！　降参しよう。わたし、騎士団に戻るよ」

「それはダメだよ」

たとえば、投降してソフィアの身柄を引き渡せば、俺と皇女フィリアの安全を保証するという約束をアルテたちがしたとする。

その約束が守られるとは限らない。

約束は反故《ほご》にされ、俺は殺され、フィリアが道具として連れ去られる可能性も低くないのだ。

俺は努力して冷静なトーンで、ソフィアに話しかけた。

「大丈夫、ソフィア。俺を信じてほしい。問題の解決策はあるから」

ソフィアは「……うん」と短く応じた。

たしかに俺は危ない橋を渡っているけど、実は戦う前に考えた計画どおりだ。

双剣士カレリアと賢者アルテの二人組の最大の弱点は、二人の連携が万全ではないということだ。

たまたま二人は一緒になって任務にあたっているけれど、性格も違えば、価値観も違うし、戦闘スタイルだって異なる。

だから、俺はこの二人の連携を断つつもりだ。

俺は宝剣を上段に構え直すと、さらに一歩、後退した。

それを見たアルテは嘲笑した。

「後ろへ逃げることしか、先輩はできないんですか？　まったく、まともに戦う方法も思いつかない役立ずなんですね」

俺が後退した結果、アルテは相対的に俺から離れた位置に来ていて、その声はやや小さく聞こえる。

俺は声を張り上げて問い返した。

「そういうアルテこそ、こんな方法で本当にソフィアを連れ戻すことができると思っているのかな？」

「はい。騎士団本部にお連れすれば、聖女様もきっと目を覚ましてくださいます」

アルテの声は確信に満ちていた。

そのときカレリアの剣が俺に迫った。

俺はそれをかわし、右側からカレリアに対して反撃の剣を放つ。

俺は言った。

「こんなふうに暴力を振るって仲間を傷つけるやつを、ソフィアが許すわけ無いだろう。それにソフィアは騎士団をやめて、平和な生活を送ることを望んでいる。アルテがソフィアのことを大事に思うなら、ソフィアの希望を叶えてあげるべきだ」

「いいえ。聖女様はソロン先輩に騙されているんですよ。聖女様の真の使命は最強の冒険者としてもっと多くの偉業を成し遂げてこの国に貢献すること。騎士団の団長として遺跡を攻略することこそが、聖女様の真の幸せのはずです。そのためには賢者のあたしの横にいるべきですし、価値のない者を切り捨てることだって、必要なことなんですから」

俺は賛同できない内容だったし、ソフィア自身もそう思っているはずだ。

でも、これがアルテにとってのあるべき聖女像なんだろう。

アルテは愉しそうに言った。

「さあ、無駄話は終わりです！　カレリア、決着をつけなさい！」

アルテの言葉と同時にカレリアの碧と朱の斬撃が凄まじい速さで繰り返される。

俺はそれを捌《さば》きながら、後退を繰り返した。

そして、ある一点を超えたとき、俺はカレリアの剣を強力に弾き返した。

さっきまでであれば、速さの面でも威力の面でもそんなことは不可能だった。

アルテの魔法の加護が、カレリア自身の剣技の速度と威力を高めていたからだ。

けれど、いまは違う。

俺は庭園の入口側の方に立つアルテをちらりと見て、それからかなり建物側へと移動してしまった正面のカレリアを見た。

アルテとカレリアの距離は無視できないほどの大きさとなった。

カレリアは不思議そうに自分の剣を見て、それからはっとした顔をした。

魔術の加護は距離が遠ざかれば効果が薄くなる。

俺の後退に引きずられてカレリアが前進するたびに、カレリアとアルテとの距離は開いていった。

そのたびに、アルテがカレリアにかけた強化魔法の効果は低下していって、いつのまにかゼロになるほど引き離されていたということだ。

俺が苦境をあえて大げさに見せつけていたのは、俺が後退している真意をさとられないためだった。ろくな連携をしていなかったアルテとカレリアの失態だ。

カレリアがひるんだすきを突き、宝剣テトラコルドの刃がカレリアの碧の宝剣を捉える。カレリアは支えきれずに手から剣を落とした。

俺はこの好機を逃さず、聖女ソフィアを振り返り、合図を送る。

ソフィアがうなずくと、その綺麗な金色の髪が揺れた。

そして、ソフィアは綺麗に澄んだ声で唱えた。

「この者を加速させよ！」

それは俺が詠唱なしで使えるほど簡単な加速の魔術だ。

だけど、それを聖女が全力をかけて行えばどうなるか。

俺は前へ向けて大きく踏み出した。

次の瞬間には、俺はアルテの前に立っていた。

俺は宝剣テトラコルドをアルテに向けて振りかざした。

賢者アルテの美しい黒い瞳は恐怖に見開かれていた。

「終わりだ」

俺は剣をアルテめがけて振り下ろした。

ほぼ同じ瞬間、アルテがぎゅっと目をつぶったのが見えた。

きっと俺に殺されると思ったんだろう。

でも、俺はアルテとは違う。

宝剣テトラコルドはアルテのヤナギの杖を両断した。

アルテの魔法の杖は俺の手で破壊された。

これで、もうアルテは強力な魔法は使えない。

アルテは真っ二つになった愛用の杖を見つめ、それからその場に膝をついた。

うなだれるアルテの白い喉の切っ先に、俺は宝剣テトラコルドを突きつける。

「どうする、アルテ？　降伏するなら、これで手打ちにしよう」

アルテの犯した罪は重い。

市民の屋敷への襲撃行為、貴族の娘であるライレンレミリアに対する暴行、皇女フィリアの誘拐未遂。

これだけ重なれば、死罪となってもおかしくないはずだ。

法的にこそ問題ないとはいえ、魔王の子孫である奴隷たちを道具として虐待したことも道義的な責任は重い。

アルテは勝利すればすべての凶行を揉み消す手段と自信があったみたいだけれど、それはあくまで勝った場合の話。

いまや勝者となった俺は、この場でアルテを誅殺《ちゅうさつ》しても、後からなんとでも司法当局に説明をつけることができると思う。

けれど、俺はアルテを殺すつもりはなかった。

自分が優位に立ったからといって、平気で相手を傷つけるのであれば、俺はアルテと何も変わらなくなる。

アルテは優れた賢者で、そして、俺よりずっと年下の少女なのだ。

いくらでもやり直しがきくはずだし、心を入れ替えてくれる可能性だってあるはずだ。

年齢と貴族の生まれであることを考慮すれば、本来死罪相当であっても、ある程度は罪も軽減されるだろう。

俺は屋敷で繰り広げられた戦闘の跡を見渡した。

敵の騎士団幹部の占星術師フローラはすでに戦闘能力を失っている。

アルテの部下の一般団員たちは召喚士ノタラスとその配下の魔族たちによって一掃された。

残るのは双剣士カレリアで、距離があるとはいえ、防御面に強くない聖女ソフィアの正面に立っているという意味でも、一番危険な存在であった。

カレリアは朱の宝剣のみを片手に握り、俺を睨みつけた。

「まだだ……まだ、私は戦える！　クレオン様の命令を果たし、聖女様をここからお連れし、裏切り者を粛清するのだ！」

「もう戦いは終わったんだよ、カレリア」

俺はつぶやいた。

ノタラスの召喚した魔族たちが素早く動き、カレリアを包囲した。

逃げ場はない。

つまり、カレリアはたったひとりで俺とソフィアとノタラスを相手にしなければならない。

万に一つも勝ち目はないだろう。

そのとき、俺の屋敷の外に複数の人影が姿を現した。

その数はおよそ二十人。

いずれも若者で横一列に並び、全員が白地に赤いラインの入った上質な服を着ている。

その服は聖ソフィア騎士団の一般団員の制服だった。

俺は彼ら彼女らをゆっくりと眺めた。

団員たちの中央に立つ長身長髪の青年が進み出る。

その青年は気だるそうに目を細め、そして、抑揚のない低い声で話し始めた。

「幹部の皆様。聖ソフィア騎士団帝都支部長のラスカロス、ただいま参上いたしました。これより我々は騎士団の秩序を乱す裏切り者に対し、適切な対処をいたしましょう」

ラスカロスのぼそぼそとした宣言とともに、帝都支部の団員たちは一斉に剣を抜き、あるいは杖を構えた。

聖ソフィア騎士団の本部は、東部の港町にある。

帝国の東方には攻略対象となる遺跡が多いからだが、もちろん東方のみに遺跡があるわけじゃない。

騎士団の急激な拡大にともない、本部のみでは各地の遺跡の攻略に対応できなくなってきた。

そこで、新たに団員を集めたり、別の冒険者集団を併合することによって、いくつかの地方に設置されたのが騎士団の地方支部だ。

この施策は副団長だった俺の手によって進められ、なかなかの効果を発揮した。

どの支部にも騎士団の名声によってそれなりに強い団員が集まり、高い成果を上げたのだ。

そうした支部の存在は、帝国全土にわたって騎士団の強さを宣伝するのに役立った。

そのなかでも、帝都の支部は最大規模のものだ。帝都支部の中には騎士団幹部を超える実力者がいるともいう。

その帝都支部の団員たちが、この場に現れ、騎士団の裏切り者を処分するという。

アルテが顔を上げ、そして、目に光を取り戻した。

「増援が来たのね。これで形勢は逆転ですよ、ソロン先輩！　神はあたしたちに味方したんです！」

そういうと、アルテはローブのなかから素早く一本の木の枝を取り出した。

いや、ただの木の枝じゃない。

携帯用の魔術の杖で、予備としてひそかに隠しておく種類のものだ。

もちろんアルテがさっきまで使っていたヤナギの杖に比べれば性能は劣るが、それでも杖なしの状態と違って、アルテはまともな戦闘能力を取り戻すことになる。

ラスカロスはつかつかと歩み寄り、俺とアルテの近くに立った。

そして、彼は白銀に輝く細身の剣を構えた。

ラスカロスは剣士であり、騎士団帝都支部長の名に恥じず、前衛としてかなりの戦闘力を誇ってる。

そのラスカロスと賢者アルテが手を組めば、俺たちにとってはかなりの脅威になるはずだ。

手を組めば、の話だが。

ラスカロスは剣を一閃させた。

次の瞬間、アルテの予備の杖は一刀両断されていた。

「あれ？」

アルテが不思議そうに自分の手のなかの杖を見た。

それはもう、杖とは呼べない、ただの木の枝のかけらだった。

剣士ラスカロスはわずかも表情を変化させず、ただ無表情に立っていた。

アルテの杖を叩き斬ったのは、ラスカロスだった。

「な、なんで？　ラスカロスは裏切り者を粛清するって言ったのに、どうしてあたしの杖を壊すの！　あなたの敵はノタラスと、ノタラスの味方をするこのソロン先輩でしょう⁉」

「私の敵はあなたなのですよ、アルテ様。あなたこそが我々聖ソフィア騎士団の裏切り者です」

ラスカロスはさらりと言った。

五話　賢者アルテと聖女ソフィア

アルテはラスカロスに詰め寄った。

「あ、あたしが裏切り者？　そんなわけないでしょう!?」

ラスカロスはその問いに冷ややかに答えた。

「アルテ様は罪なき仲間を傷つけ、偉大なる団長ソフィア様の意向に背きました。さらには無謀なネクロポリス攻略作戦に我々を参加させ、死地に赴かせようとしています。これを裏切りと呼ばずして、何を裏切りというのでしょう？」

呆然とするアルテに対し、ラスカロスはあくまでも悠然としていた。

そして、ラスカロスは片膝をつき、うやうやしく聖女ソフィアに一礼した。

「我らが団長たる聖女様。たとえ、あなたが引退されたとしても、我々にとっては聖ソフィア騎士団の団長はたった一人、あなたのみです。あなたに敵が現れれば、我々はすぐにでも駆けつけましょう」

ラスカロスはもともと帝都の別の冒険者パーティに所属していた。

けれど、何人かの仲間とともに抜けて、結成からそれほど経っていない聖ソフィア騎士団に入ったのだ。

そのきっかけは、俺たちが帝都近くの難関遺跡を複数のパーティで攻略したとき、共同作戦を張っていたラスカロスたちが瀕死の重傷を負ったことにある。

そのとき、ラスカロスたちの命を救ったのが聖女ソフィアだったのだ。

そして、ラスカロスたちは聖ソフィア騎士団に入り、帝都支部を作った。

そのため帝都支部の団員たちはソフィアに強い忠誠心を持っている。

以前、皇女フィリアが義人連合にさらわれたとき、俺は騎士団帝都支部に協力を求めることも考えた。

けど、そのときは追放された俺しかいなかったから、帝都支部を指揮することは無理だと諦めたのだ。

今は違う。

聖女ソフィアは俺のもとにいる。

だから、ソフィアの威光を使って、帝都支部の人間たちを従わせることは簡単だった。

この屋敷のある郊外は、実は、帝都支部とかなり近い場所にあった。

そして、帝都支部の団員たちが二十四時間ソフィアの警護にあたることは無理でも、何かあればこの屋敷に駆けつけるように事前に頼んであった。

時間稼ぎをすれば、味方が増えるようになっていたのだ。

これが結界と並ぶ、俺のもう一つの頼みの綱だった。

戦いを勝つために、自分自身の力しか利用してはいけないという法はない。

使えるものは何でも使えの精神である。

アルテたちの敗北はもともと明らかだったけれど、これでもう、本当に逆転の可能性はなくなった。

アルテが顔を歪め、震えながら叫んだ。

「あたしは間違っていない！　力ある者が正しく力を使うことこそが正義なのに、なのに、どうしてあたしが負けるの!?　どうしてあたしがこんな平凡な魔法剣士に負けないといけないわけ!?」

「それはアルテさんが大事なことを何もわかっていないからだよ」

綺麗な声が聞こえた。

いつのまにか、ソフィアがアルテの前まで来ていて、賢者を見下ろしていた。

そして、アルテがすがるようにソフィアを見つめた。

「あたしは、ずっと、力を得て、強くなることこそが、正しい道だと思っていました。だから、聖女であるソフィア様に憧れていました。いつかあたしは聖女と並ぶような素晴らしい賢者になれると思っていて、一緒に史上最強の冒険者になることができると信じていたんです。なのに、なのに、どうしてそんなに簡単にソフィア様は騎士団をやめてしまえるんですか？　あたしたちのことなんてどうでもよかったんですか？　あたしにはわからないんです。どうしてソフィア様ほどの力がある方がこんな魔法剣士と一緒にいようなんて思うんですか？」

「わたしは、力よりも、もっと大事なものを知っているから。それだけだよ、アルテ」

アルテは何も言わず、膝をついたまま、首を横に振った。

その美しい黒い瞳からは涙が溢れていた。

アルテが完全に戦意を喪失し、その敗北が決定した瞬間だった。

聖女ソフィアが身をかがめて、アルテの瞳からこぼれる涙をぬぐっていた。

番外編　四年前――初めての授業

TSUIHOU SARETA BANNOU
MAHOUKENSHI HA
KOUJYODENKA NO SHISHOU
TO NARU

生まれてから楽しいことなんて、一度もなかった。
わたしは一人ぼっちだった。
生まれたときから、十歳になった今日まで、ずっと一人ぼっち。
フィリアというのが、わたしの名前。
わたしはこの帝国の皇女ということになっている。
でも、誰もわたしをお姫様扱いなんてしてくれない。
誰もわたしのことを「フィリア」なんて名前で呼んでくれたりしない。
お父様は皇帝陛下だけど、わたしはたくさんいる娘の一人にすぎなかった。
わたしのことなんて、誰もちっとも興味はないんだと思う。
お父様にだって、一度も会えたことなんてない。
お母さんはわたしがとても小さかった頃に亡くなっていた。
お母さんは奴隷で、しかも悪魔だった。
遺跡に住む化け物の「魔族」は人間の敵。
悪魔はその魔族の仲間で、人間とまったく同じ見た目をしている。
だから、悪魔たちは怖がられて嫌われて、酷い目にあってきた。
わたしのお母さんも奴隷で、みんなに馬鹿にされていたんだと思う。
でも、悪魔は綺麗な人が多くて、わたしのお母さんもとても美しい人だったらしい。
だから、お父様の皇帝陛下はわたしのお母さんを気に入った。

けど、お父様はすぐにお母さんのことに飽きてしまった。

わたしは皇女だけど、悪魔の娘だから、皇宮のみんなは冷たかった。

みんなわたしのことを「汚れた血」の娘って呼ぶ。

わたしが悪魔の娘なのは秘密だったけれど、でも皇宮ではみんな知っていた。

偉い官僚や侍従の人たちだけじゃなくて、メイドや料理人の人たちも、わたしのことを「役立たずのいらない皇女」として馬鹿にしていた。

大人の言うことをちょっとでも聞かないと、鞭《むち》でお仕置きされる。

何の役にも立たない惨めな皇女のそばになんて、誰も近づこうとは思わない。

わたしはいつも狭い部屋で一人ぼっちで過ごしていて、だから、わたしは皇宮の人たちにはなにも期待しなくなった。

皇宮の外に連れて行ってもらえたこと一度もなかった。

でも、十歳の誕生日を迎えた今日からは、ちょっとは違ってくると思う。

皇族が儀式に出席できるのは、十歳から。

皇宮ではたくさんの儀式が行われていて、そこには皇帝陛下も現れることがある。

つまり、わたしは儀式に出られるようになって、そしてお父様にも会うことができるようになる。

お父様はどんな人なんだろう？

もしかしたら、お父様だけはわたしのことを大事に想ってくれているかもしれない。

だって、わたしはお父様の娘なんだから。

わたしは少し古びたドレスに着替えて、メイドの一人に付き添われて部屋を出た。

今日は帝都の魔法学校の生徒が皇帝陛下に謁見を賜る日だ。

魔法学校は、時計塔の上に青いサファイアの星が輝く名門校。

卒業を明日に控えた魔法学校の生徒たちが皇宮に集まって、皇帝から祝福される。

そういう儀式が行われるのだ。

卒業生たちはみんな将来を期待されているんだという。

誰からも何も期待されていないわたしとは大違いだ。

「ほら、ぐずぐずしないで、もっと急いでくださいな！」

メイドに叩かれ、わたしは「ごめんなさい」とつぶやいて、足を速めた。

これからわたしははじめて儀式に出る。

そしてお父様にはじめて会うんだ。

皇宮のなかで最も広い謁見の間には黒いローブをまとった生徒たちがたくさんいた。

みんなわたしより年上だけど、十代後半ぐらいの若い人ばかりだった。

そして、その正面の上段に赤い豪華な椅子がならべられ、皇帝と皇后、そして皇后の娘である皇女イリスたち皇族が並んでいた。

でも、わたしはそこに座ることは許されなかった。

儀式場の左側の臣下の座る席に案内されたの。

わたしはがっかりしたけど、そういうものなのかなと思って我慢した。

やがて儀式が始まって、魔法学校の卒業生を代表して、金色の髪の綺麗な女の子が皇帝に挨拶《あいさつ》をしていた。

そうして皇帝陛下、大臣、魔法学校の校長といった人たちが順番にいろいろと喋って、儀式は終わってしまった。

魔法学校の生徒たちはぞろぞろと儀式の会場から出ていく。

お父様も他の皇族と一緒にその場を立ち去ろうとした。

わたしは慌てた。

このままじゃお父様と話すことができないままだ。

姉のイリスはお父様にじゃれついていて、お父様も笑顔を見せていた。

イリスはわたしのすぐ上の姉で、皇后の娘だから、たくさんの使用人に囲まれ、すごく可愛がられていた。

そのドレスはいつも最高級品だったし、欲しい物はなんでも与えられているみたいだった。

イリスは皇帝になるかもしれなかったし、貴族の人たちもいつもイリスの機嫌をうかがっていた。

イリスはわたしと違って、本物のお姫様なのだ。

でも、わたしだって、お父様の娘なんだから、イリスみたいに可愛がってもらえたっておかしくない。

「あっ！　待ちなさい！」

メイドの制止を振り切って、わたしはお父様の前に走り出た。

「お父様！」

はじめて間近で見るお父様は、普通の男の人だった。

背が少し高くて、目つきが鋭くて、ちょっと怖い。

「この娘は誰だ？」

お父様は近くにいた家臣に聞き、家臣は「悪魔の奴隷の娘でございます」と答えた。

「ああ、なるほど」

お父様はそう言うと、もうわたしのことに興味を失ったように、その場を立ち去ってしまった。

わたしはすぐにお父様を追いかけようとしたけれど、メイドがわたしの前に立ちふさがった。

「神聖な儀式の場で、畏《おそ》れ多くも陛下に勝手に話しかけるなど、これはお仕置きをしなければなりませんね」

「わたしは陛下の娘だもの！」

「そう。あなたは陛下が奴隷に産ませた娘です。でも、誰もあなたを皇女だなんて思っていない。陛下自身も」

「そんなことない！」

「だったら、皇帝陛下はどうしてあなたに何も話しかけなかったんです？」

わたしは言葉に詰まった。

そう。

わかってしまったのだ。

やっぱりお父様もわたしのことなんて、大事にもなんとも思っていなくて、それどころか覚えてすらいないと知ってしまった。

「あなたはただの汚れた血の娘なんですよ」

メイドの言葉は、真実だった。

わたしは誰にも必要とされていない。

その後のことはよく覚えていない。

皇宮のなかにわたしの居場所はない。

だったら、皇宮の外に行くしかない。

そう思って、わたしはふらふらと皇宮の外に出て、歩き始めた。

†

でも、わたしは困ってしまった。

皇宮の庭園はものすごく広かった。

歩くだけでも疲れたし、元に戻る道もわからなくなった。

わたしは近くのあずまやに座り込んだ。

こんなところでつまずいていては、外の世界で生きていくことなんて、きっとできない。

やっぱり、わたしは無力だ。

だんだん怖くなってきて、わたしは先に進むことも、引き返すこともできなくなってしまった。

しかも、風が強くなり、寒くもなってきた。

どうしよう……？

わたしは途方に暮れた。

そのとき、突然、庭園の草木が揺れる音がした。

そこには大型の犬がいた。

真っ黒な毛の犬はとても大きくて、たぶんわたしの二倍ぐらいの大きさはあった。

犬の黒い目が怖い感じに光る。

口は半開きで、だらだらとよだれを垂らしている。

飢えた野犬なんだ。

わたしは震えた。

犬がまっすぐにこちらを見ていたからだ。

もしかして襲われる……？

犬は勢いよくこちらに飛んできた。

野犬狩りはたびたび行われているけれど、それでも野犬に襲われて死んだり病気になったりする人はたくさんいる。

次の瞬間を想像して、わたしは固まった。

もし一人きりで庭園にいたら、わたしは身を守ることができなかった。

けれど、実際にはわたしはかすり傷一つ負わなかった。

突然、野犬が苦しみ始め、その体が燃え盛る炎に包まれた。

絶叫する野犬は、しばらくして、骨と肉塊だけの死体になった。

それはとても怖い光景だった。

わたしが驚いて後ろを振り返ると、一人の若い男の人が立っていて、剣を構えていた。

黒いローブを羽織ったその人は、魔法学校の生徒のようだった。

たぶんさっきの儀式にいた人なんだろう。

その人は剣を鞘にしまうと、ゆっくりとわたしに近寄ってきた。

外の世界の人間を近くで見るのは初めてで、わたしは思わずびくっと震えた。

相手がどんな人間かもわからない。

怖い人だったらどうしよう……？

けれど、その男の人の声は穏やかだった。

「大丈夫？　こんなところで一人でいると危ないよ」

「あなたは……？」

「俺？　俺はソロン。魔法学校の卒業生で、さっきまで皇宮で皇帝陛下の謁見を賜っていたんだよ。今はちょっと皇宮名所の薔薇《ばら》園を見ていてね」

「あの犬……あなたが殺してしまったの？」

「そう。炎魔法を使ったんだ。そうしなければ、君が危なかったからね」

「わたしなんて……死んでしまってもよかったのに」

ソロンと名乗った男の人は驚いたような顔をした。

「ええと、どうしてそんなことを言うの？」

「誰もわたしのことなんて心配していないんだもの」

「少なくとも、俺は心配だよ」

本当に心配そうにソロンはわたしの瞳をのぞきこんだ。

優しそうな人だな。

それがソロンに対するわたしの第一印象だった。

皇宮では見ない感じの人。

わたしに蔑みの目を向けてくる貴族や使用人たちとはぜんぜん違う。

ソロンに名前を尋ねられ、わたしはとっさに「リア」と名乗った。

皇女だと明かすことはできないし、それに自分が悪魔の娘だと知られるのはもっと嫌だった。

このソロンという人も、悪魔の娘には冷たい目を向けるかもしれない。

「さっきの……あれが魔法なんだね」

「魔法を見たことがない？」

わたしはうなずいた。

悪魔の血を引く者が魔法を使うと、魔力を制御できずに暴走する。

その教えに従って、わたしは魔法からは遠ざけられていた。

「魔法があんなに怖いものだなんて……知らなかった」

「そうだね。使い方によっては人を殺すことだってできる」

ソロンはあくまで穏やかに言った。

「だけど、それがすべてじゃない」

そのとき、強い風が吹き抜けた。

わたしはくしゃみをしてしまった。

さっきよりもさらに寒くなってきている気がする。

「寒い？」

「うん……」

風にずっと当たっていたから、わたしの体は冷え切っていた。

ソロンはうなずいて、指をパチンと鳴らす。

すると、六つの小さな炎が現れた。

周りの空気が一瞬でかなり暖かくなった。

「もしかして、わたしを暖めてくれているの？」

「そのとおり。魔法はこういう使い方もできるんだよ」

わたしのつぶやきに、ソロンは微笑みを返した。

そして、もう一度、指をパチンと鳴らした。

途端に、六つの炎が鮮やかな色に変わっていく。

真紅・黄色・紫・青と、めまぐるしく炎は光の色を変えて、わたしの髪を照らした。

「綺麗……」

「所詮、魔法は力でしかない。使い方によって、人を傷つけてしまうこともある。でも、力があれば、その力をどう使うかは自分で選べる」

初めて見る魔法は、素晴らしいものに思えた。

さっきの野犬を燃やしたのだって、わたしを守ろうとしてくれたのだ。

わたし一人じゃ、野犬から身を守ることはできなかった。

でも、ソロンは魔法を使ってわたしを守ることもできたし、わたしを暖めてもくれた。

「ソロンって……すごい人なの？」

「さっきから使っている魔法自体は大したものじゃないよ。でも、一応俺も魔法学校の生徒だからね。もっといろんな魔法が使える。冒険者になるつもりだから、攻撃系のものが多いけれど」

「冒険者になるの？」

「そうだけど？」

「なんのために？」

ソロンはわたしの問いに少し考えこんだ。

聞いてはいけないことだったかな？

わたしは不安になったけれど、ソロンはやがて静かに理由を語った。

「俺は仲間と自分の居場所を作りたいんだよ。自分たちの冒険者パーティを作って、帝国最強にしていきたい。魔法が使えて、冒険者になれば、自分で自分の道を切り開くことができるからね」

魔法が使えれば、自分で自分の居場所を作ることができる。

ソロンのその言葉は、わたしに強い印象を与えた。

わたしも魔法が使えたら、皇宮の外に行けるかもしれない。

もっと違う自分になれるかもしれない。

わたしは今すぐにでも魔法を使ってみたくなった。

だからわたしはソロンにお願いをした。

「ソロン。わたしに……魔法を教えてほしいの！」

勇気を出して言うと、ソロンは驚いた様子だった。

断られちゃうかもしれない。

わたしは心配になった。

皇宮の人たちはわたしのお願いに応えてくれたことなんてない。

みんなはいつもわたしを邪険に扱った。

ソロンも、同じかもしれない。

けど、わたしの心配は的外れだった。

ソロンは微笑した。

「いいよ。ただ、短時間でちゃんと教えられるかわからないから、できるようにならなかったらごめん。それでもいい？」

「うん！」

わたしは勢いこんで答えた。

「魔法はまったく使ったことはないんだよね？　どんな魔法を覚えたいの？」

ソロンの質問に、わたしは困った。

どんな魔法がいいんだろう？

結局、わたしはソロンが使っていた炎魔法を教えてもらうことにした。

ソロンも「ちょっとした炎魔法なら簡単だしね」と言って賛成してくれた。

「本当は魔術用の杖があると教えやすいんだけど、今は持ってないから代わりのものを使おう」

「代わりのもの？」

「これのことさ」

ソロンは腰に下げていた剣を抜いた。

その剣の刀身は銀色に輝いていて、カッコよかった。

たぶん丁寧に手入れしてるんだろうな。

ただ、どうして剣が杖の代わりになるのか、わたしにはわからなかった。

「これは魔法剣っていう特殊な剣でね。魔術用の杖と同じで、魔力の拡大機能を持っているんだよ」

「へえ……」

「あ、手にとって見ていいよ」

おそるおそるわたしは剣を受け取った。

その剣はずっしり重くて、両手でなんとか持つことができた。

ソロンはこれを軽々と片手で操っていたし、魔術以外の面でも鍛えているんだろうな。

ただ、剣そのものはどう見てもただの剣にしか見えなかった。

ソロンは剣の柄の部分をとんとんと指さした。

「ここに模様があるよね？　これが魔法剣の証で、これと魔法剣の刀身が組み合わさって、杖の代わりになるんだ」

「ふうん。これを使えば、わたしも魔法が使える？」

「そうできるようにするのが、俺の役目かな」

ソロンは微笑むと、わたしに魔術の呪文を詠唱するように指示した。

「慣れれば炎を出すぐらいなら、道具なし、詠唱なしでできるようになるけど、最初はそううまくはいかないからね」

わたしは魔法剣を抱え、そして教えられたとおりに詠唱した。

「我が内なる魔力を炎に変えよ！」

けれど、なにも起きなかった。

もう一度詠唱を繰り返してみたけれど、なにも起きない。

わたしは泣きそうになった。

「もしかして、わたしって魔法が使えない？　魔法の才能がないの？」

「いや。そうじゃないと思うよ。ただ、コツがつかめていないだけだと思う。ちょっといいかな」

ソロンはそう言って、わたしの手の上に自分の手を重ねた。

びっくりして、わたしは固まった。

ソロンの暖かい感触が手に伝わってきて、少し顔が赤くなるのを感じる。

こんなふうに男の人と手を重ねるなんて、初めてだ。

「魔力をうまく扱えるように、最初は俺が助けるよ」

ソロンは平然とした様子で、わたしと手を重ねることをなんとも思っていないみたいだった。

それがわたしにはちょっと悔しかった。

ソロンも顔を赤くしてくれると期待していたのに。

でも、きっとソロンにとって自分は子どもで、そういう対象ではないんだろう。

「もう一度、詠唱してみてくれる？　具体的に自分が炎を操っているところを想像すると、成功する確率が上がるよ」

ソロンの言葉でわたしは我に返った。

わたし、魔法の練習をしてたんだよね……。

うっかり目的を見失うところだった。

わたしは心のなかで、炎魔法を使っている自分をイメージした。

そして、ゆっくりと呪文を唱えた。

「我が内なる魔力を炎に変えよ！」

その瞬間、わずかだけれど、炎が目の前の空中に現れた。

一瞬で炎は消えたけれど、成功したことは間違いない。

「やった……！」

わたしのつぶやきに、ソロンが笑いながら応じる。

「大成功！」

魔法が使えた！

そのことがわたしには嬉しかった。

けれど、もっとわたしの心を躍らせたのは、ソロンも自分のことのようにわたしの成功を喜んでくれていることだった。

こんなふうにわたしに優しくしてくれる人は、ソロンが初めてだった。

それからソロンはわたしに順を追って、魔法の応用的な使い方を教えてくれた。

まずは魔法剣なしでも炎魔法を使えるようになり、その次には詠唱なしで炎を出せるようになった。

わたしは人差し指の先に炎を灯し、息を吹きかけてそれを消した。

その後にもう一度、炎を指先に灯す。

わたしは炎魔法を習得できたみたいだ。

「簡単なものではあるけれど、それでもすぐに詠唱なしで魔法を使えるようになるのは大したものだよ」

「そうなの？」

「俺はけっこう詠唱なしの魔法に慣れるのに時間がかかったから。俺は実はあんまり魔法の才能がなくてね。でも君は違う」

「わたしは違う？」

「君には魔法の才能があるよ」

ソロンはぽんぽんと優しくわたしの肩を叩いてくれた。

「わたしに……魔法の才能がある？」

本当？

わからないけれど、でも、少なくともこの人は自分のことを認めてくれている。

「わたし……ずっと役立たずで、いらない子だって言われてきたの。そんなわたしに才能があるの？」

「もちろん。俺は嘘をつかないよ。どうして君が役立たずなんて呼ばれてきたのかは知らないけど、それは不当な評価だ。だいたい君はまだ子どもなんだから」

「でも、わたしはきっと何にもなれない」

「君が諦めずに、望み続ければきっと一流の魔法使いになれる。いや、魔法使い以外のものにだってなれるはずだ。そして手に入れた力を人のために使えば、誰も君のことを役立たずなんて呼ばなくなる」

「本当に？」

「本当に。だって君は必要とされる存在になるんだから」

自分が必要とされる存在になれる。

そんなことをわたしに言ってくれた人はいなかった。

ソロンがわたしの頭をぽんぽんと優しく撫でてくれた。

視界がぼやける。

わたしは、自分の瞳から涙がこぼれていることに気づいた。

「え、えっと。だ、大丈夫？」

その様子を見て、ソロンは慌てたようだった。

どうしよう、どうしよう、とうろたえているソロンに、わたしは申し訳ない気持ちになった。

そんなふうに心配してもらう必要はないんだから。

「大丈夫。わたし、嬉しくて泣いているんだもの」

わたしは涙を自分の指先でぬぐうと、微笑んでみた。

うまく笑えたかはわからないけど、こんなふうに笑うのは久しぶりだった。

「ありがとう。ソロンはとってもいい先生だよ」

「お役に立てたみたいで良かったよ。魔法を初めて使う子に魔法を教えたことってなかったんだ。だから不安だったんだけど」

「ふうん。なら、わたしがソロンの最初の弟子なんだ」

くすっとわたしが笑うと、ソロンも「たしかに」と言ってわたしに笑いかけてくれた。

そして、わたしはソロンに魔法剣を返した。

「どうしてソロンは杖じゃなくて剣を使っているの？」

「俺は魔法剣士なんだよ。魔法だけじゃなくて、剣をとって戦うこともできる。それが俺の役割なんだ。魔法の才能は限られているけど、先頭に立ち、剣を使って敵の攻撃を防げば、仲間を守ることができるからね」

「へえ……」

わたしは改めて、ソロンの手にある魔法剣を眺めた。

この剣は魔法を使うだけではなく、仲間を守るためにも使われる。

その意味をわたしは考えた。

ソロンはきっと野犬なんかよりもっと強い敵を相手にしても、きっとこの魔法剣で仲間を守ることができるんだろう。

魔法を使うだけじゃなくて、剣を手にとって戦うこともできる。

それがわたしにはカッコよく思えた。

「わたし……ソロンみたいになりたいな」

「え？」

「ソロンみたいな魔法剣士になりたいの。なれると思う？」

ソロンは少し考えたようだった。

なれない、と言われたらどうしよう？

わたしは不安になった。

けれど、ソロンの答えは予想外のものだった。

「もちろんなれると思うよ。でもリアなら、もっと高度な魔術師を目指すことができるかもしれないし、そっちのほうが良いと思うけどね。例えば賢者にだってなれるかもしれない」

「でも、わたしはソロンみたいになりたいの」

わたしが言うと、ソロンは困ったような、それでいて少し嬉しそうな顔をした。

「それなら、君ができることは二つあるよ。一つは本を読むこと」

「本を読むこと？」

「そう。魔法という力と、本から得られる知識。その二つがあれば、どんな困難を前にしても、人は自由になれる。少なくとも俺はそう信じている。まあ、俺に魔法の才能が足りないから、知識で不足を補っているとも言えるんだけどね」

それなら、皇宮には大きな図書室がある。

入ったことはないけれど、きっとたくさんの本があるだろうから、ソロンの言うとおりにできる。

ソロンは人差し指を立て、微笑んだ。

「もう一つだけど、魔法学校に入るといいと思うんだ」

「わたしが魔法学校に入る？」

「そう。魔法学校で学ぶのは、魔術師になる最も効率の良い方法だから。リアは魔法の才能もあるし、貴族の生まれなんだよね？」

「……うん」

本当は皇女だ、と言おうかと迷ったけれど、わたしはついに踏み切れなかった。

その勇気がなかったのだ。

「君なら、きっと入学できると思うから」

そう。
もしわたしがただの貴族の娘なら、魔法学校に入れたかもしれない。
でも、わたしは悪魔の娘で、だから帝立魔法学校の規則で入学を拒否される。
そのことをわたしは言おうかと思った。
でも、もしわたしが悪魔の娘だと知ったら……。
ソロンなら、悪魔の娘であることを気にせず、受け入れてくれるかもしれない。
いや、きっと受け入れてくれるはずだ。
だから、事情を説明しようと思った。
本当の意味でソロンの弟子になりたい。
これからも魔法をソロンに教えてほしい。
そう言いたかった。
けど、ソロンはこれから冒険者になるため、帝都を旅立つ。
わたしは帝都の皇宮から離れられない。
ソロンがそんなわたしを弟子にしてくれるとは思えなかった。
勇気を出せないうちに、メイドの一人がわたしのことを探しに来た。
誰も迎えに来ないわけじゃなかった。
でも、メイドの目は冷ややかで、わたしのことを厄介者のような目で見た。
ほんのちょっぴりでも、わたしのことを心配していた感じじゃない。

それでも、わたしは皇宮に戻らないといけない。

別れ際にソロンは、身をかがめ、わたしと目線を合わせた。

「短い間だけれど、一緒にいられて楽しかったよ。ちょっとした教師気分も味わえたし」

「わたしも……楽しかった」

本当なら、楽しかったという言葉じゃ足りない。

ずっと知りたかった魔法を、ソロンは教えてくれた。

ソロンは初めて自分のことを認め、そして立派な魔術師になれるとさえ言ってくれた。

もっと一緒にいたい。

喉まで言葉が出かかって、でも、それより先に、ソロンが一つの鍵を差し出した。

銀色の普通の形の鍵だ。

「これはなに？」

「君がもし魔法学校に入るなら、そのときにはきっと役に立つものだよ」

「鍵……だよね？」

「そう。これは魔法学校の秘密の部屋の合鍵なんだ。時計塔のてっぺんの青い星の下。そこにその部屋がある」

「秘密の部屋……」

「といっても、そんな大層なものじゃなくてね。試験の過去問とか、便利な薬草とかいろいろ隠してあるんだよ」

「わたしがもらっちゃっていいの？」

「もう卒業生の俺が部屋を使うことはないからね。だから、次はリアが使う番だ」

わたしが受け取るのをためらっていると、ソロンは微笑んだ。

「師匠から最初の弟子への、ちょっとしたプレゼントだよ」

わたしはうなずいた。

魔法学校に入れないわたしに、わたしはこの鍵を使うことはできない。

でも、ソロンが自分のためを思って、ものをくれるということ自体が嬉しかった。

「ありがとう。わたし、きっと一流の魔術師に、ううん魔法剣士になるから」

「楽しみにしているよ」

ソロンは優しく微笑み、そしてわたしの前から立ち去った。

皇宮に戻る途中、わたしはソロンの言葉を何度も思い出した。

諦めずに望み続ければきっと一流の魔法使いになれる。

手に入れた力を人のために使えば、きっとわたしは必要とされる存在になれる。

そうソロンは言ってくれた。

どんな形で自分が必要とされる存在になるのかはわからないけれど。

でも、ソロンの言葉を信じてみよう。

わたしはソロンのくれた鍵を握りしめた。

廊下の鏡には、わたしの笑顔が映っていた。

自然とわたしの足取りは軽くなった。

†

その日から、ソロンの教えに従って、わたしは皇宮の図書室に入り浸るようになった。

いろんな本を読んでみて、そのなかにはよくわからないものもたくさんあった。

でも、わたしは本を読み続けた。

それは「ソロンみたいになりたい」という思いからだったけれど、だんだん本を読むこと自体が楽しくなってきた。

わたしは本を読んで、いつも皇宮の外の世界に胸を踊らせていた。

動物の図鑑にはたくさんの生き物が載っていて、わたしはイルカだとか象だとか、見たことのない存在を想像して楽しい気持ちになった。

帝都でみんなが読んでいる恋愛小説も、わたしのお気に入りの一冊になった。

孤独で気弱な少女が、明るい性格の貴族の少年に助けられ、いろんな困難を乗り越えて、幸せをつかむ。

それがその小説の内容で、わたしは自分を主人公に重ね合わせながら、一人でワクワクしながら読み進めた。

もっと気に入ったのは、冒険者の自伝で、わたしは何冊も読んだ。

それらの本では、冒険者たちの遺跡での活躍が生き生きと描かれていた。

魔法を使って戦う冒険者たちの姿に、わたしは憧れた。
いつかわたしも外の世界に行きたい。
ソロンみたいに魔法を使って、冒険者になりたい。
そしてわたしは十四歳になり、魔法を勉強するために、家庭教師を探し始めた。

番外編　必要とされる存在

TSUIHOU SARETA BANNOU
MAHOUKENSHI HA
KOUJYODENKA NO SHISHOU
TO NARU

屋敷で過ごす初めての夜、俺は屋敷の書斎を眺めていた。

ホコリも蜘蛛の巣も払ったし、机と本棚も用意した。

他の部屋も一通り手を入れたし、ようやく引っ越し作業が終わったという感じがする。

俺は聖ソフィア騎士団を追放された後、皇女フィリアの家庭教師になった。

そして、帝都郊外に屋敷を買い、フィリアとそのメイドのクラリス、そして仲間だったソフィアと一緒に住むことにしたのだ。

……なぜかフィリアともクラリスともソフィアとも同じ部屋で寝ることになったのだけれど、深くは考えないことにしよう。

それより、今日フィリアから聞いた話には驚いた。

魔法学校を卒業したときに、皇宮の庭園で会った少女が、フィリアだったなんて。

あのときのフィリアはリアと名乗っていたし、すぐに思い出せなかったのも仕方ない面もあるけど、それでもフィリアに申し訳ない気もする。

フィリアはずっと俺の言葉を覚えていてくれたのに、俺はフィリアのことを思い出せなかった。

そのとき、こんこんとノックをする音がした。

どうぞ、と俺が返事をすると、フィリアがひょこっと顔をのぞかせた。

「ソロン、わたしもなにか手伝うことある？」

「大丈夫ですよ、引っ越しも大体終わりましたし」

「そう？　残念。ソロンのお手伝いができると思ったのに」

「明日は朝早くから、フィリア様のための魔法の杖を買いに行きます。だから、フィリア様はゆっくり休んでいてください」

「うん！　楽しみ！」

フィリアは嬉しそうに微笑んだ。

そういうふうに喜んでくれると、こっちまで嬉しい気もちになる。

フィリアはその後、一つの鍵を差し出した。

どこかで見たことがあると思ったら、それは魔法学校の秘密の部屋の鍵だった。

そうだ。この鍵も、あのときリア、つまりフィリアに渡していたのだ。

「あのときは事情も知らず、魔法学校に入ればいいなんて無責任なことを言ってしまい、申し訳ありませんでした」

「ううん、それはいいの。わたしが悪魔の娘だってことを隠していたんだから。魔法学校に入れないことを知らなくて当然だもの。それより、なんでソロンは秘密の部屋に、試験の過去問なんて置いていたの？」「その秘密の部屋はですね、俺とソフィアとクレオンの居場所だったんです。よく三人でそこに行って、お昼ごはんを食べたりしましたからね。三人に共通で役に立ちそうなものは、その部屋の棚にしまっておいたんですよ」

「……いいなあ。学校生活って楽しそう」

フィリアがつぶやくのを聞いて、俺は目を伏せた。

残念だけれど、悪魔の娘であるフィリアが、魔法学校に入学を許可されることはない。

俺の表情の変化に気づいたのか、フィリアがくすっと笑って言った。

「でも、わたしは今のほうがずっと幸せだよ？　だって、ソロンがわたしの師匠でいてくれるんだもの」

「ときどき思うんです。俺に教わるよりも、他の熟練の教師から習うほうがきっとフィリア様のためになるんじゃないかって」

「そんなことないよ。ソロンに最初に会ったときから、わたしはずっとソロンの弟子になりたいって思っていたんだから。でも、あのとき、わたしはソロンにそう言えなかったの」

「どうしてですか？」

「勇気がなかったの。でも、今は違う。皇女のフィリアって名乗って、ソロンの弟子になることができたから。そうだよね？」

「はい。フィリア様は俺の大事な弟子です」

「うん。やっと願いが叶ったんだ」

フィリアは目を閉じて、嬉しそうにつぶやいた。

俺がフィリアと会ったのは、たった一度きりのことだった。

それなのに、フィリアはずっと俺のことを待っていた。

最初に会ったときから、俺が家庭教師として雇われるまで、四年間もずっと俺の弟子になりたいと願い続けていたのだ。

どうしてそんなことができたんだろう？

魔法学校を卒業したとき、俺の目的は、仲間とともに居場所を作ることだった。

そのための手段として、誰にも文句を言わせないために、帝国最強の冒険者パーティを作ろうとしたのだ。でも、いつのまにか手段と目的が逆転していた。

仲間の一人が死んでしまって、それ以来、俺たちは強い冒険者を集めることに必死になった。

俺たちの冒険者パーティは「聖ソフィア騎士団」という称号も手に入れて、しだいに難関遺跡の攻略にも成功し、帝国最強とすら呼ばれるようになっていった。

その一方で、賢者アルテや守護戦士ガレルスのような、力はあるが、他の団員を信頼しないメンバーが幹部になるようになった。

初期からいた仲間たちを追い出すようなことはしなかったけれど、彼ら彼女らの多くは、後から来た優秀な冒険者のせいで活躍できなくなり、辞めていった。

それでも、俺は仕方ないと思っていた。

大所帯となった騎士団の維持は、簡単なものじゃなかった。

資金を集めるのも、役割の分担や人員の確保も、遺跡の攻略の指揮も、どれをとっても困難で、俺はしだいにその対応に忙殺されるようになっていったのだ。

そしてどんどん騎士団の団員は入れ替わり、いつしか団員の結束も、仲間同士の信頼も失われていった。仲間の居場所を作るための騎士団だったはずなのに、騎士団の維持そのものが目的化していた。

その結果が、俺の追放だ。それを主導したのは、最も古い仲間のクレオンだった。

四年も経てば人は変わってしまう。

なのに、フィリアは俺のことをずっと覚えていた。

俺がそう言うと、フィリアは柔らかく微笑んだ。

「だって、ソロンだけがわたしのことを認めてくれたんだもの。諦めずに望み続ければ、きっと一流の魔法使いになれるって言ってくれた。きっとフィリアは必要とされる存在になれるって言ってくれたから。だから、わたしは皇宮で一人ぼっちでも平気だったんだよ？」

「フィリア様は……やっぱりすごい方ですね」

「わたしが、すごい？」

「俺がフィリア様の立場だったら、心が折れてしまっていたかもしれません。俺の言葉だけを頼りに、たった一人で未来を信じるには、とてつもない意思の強さが必要だと思うんです」

「一人じゃなかったよ？　一年前からはクラリスがメイドになってくれたから」

それでも三年間は、フィリアは孤独だったはずだ。

「クラリスは、ソロンが活躍している話をたくさんしてくれたし。それにソロンがくれた鍵のお守りがあったし、ソロンが教えてくれたとおり、本をたくさん読んでいたから。だからソロンがいつもそばにいるような気がしていたの」

そんなふうに、自分がずっと誰かに想われているなんて、思いもしなかった。

それは意外なことだったけれど、とても嬉しいことだった。

フィリアが突然、俺の手の上に、白い手のひらを重ねた。

俺はびっくりして、自分の顔が赤くなるのを感じた。

フィリアを見ると、してやったりと言った顔でくすくすっと笑った。

「四年前にはじめて会ったときは、わたしと手を重ねても、ぜんぜん平気な顔をしていたのに。今は照れちゃうんだ？」

「いや……照れてるわけではなくてですね」

「ソロンがそばにいてくれて嬉しいな」

フィリアが言葉を重ね、俺はますます顔を赤くした。

そういうふうに率直に言われると、どう返せばいいのか困ってしまう。

「ソロンがいれば、わたしはきっと、誰かに必要とされる存在になれると思うの」

そう。俺も四年前は誰かに必要とされる存在になりたかったのだ。

だから、騎士団を作り、仲間に必要とされる居場所を作ろうとした。

俺はいつのまにかそのことを忘れた。

そして、騎士団の団員たちは俺のことを必要じゃない、と言って追放した。

けれど、今は、代わりに俺のことを必要としてくれる人がいる。

「わたしはソロンを必要としてる。だから、わたしもソロンに必要とされるようになりたい」

「フィリア様はもう俺にとって必要な存在ですよ。だって、俺にとっては、たった一人の大事な弟子なんですから」

俺がそう言うと、フィリアは驚いたように目を見開いて、そして頬を染めて、声を弾ませた。

「照れてるのは、わたしのほうかな」

くすくすっとフィリアは笑った。

あとがき

本を開いたらとりあえず「あとがき」を読む、というのが私の癖です。そういう方も少なくないと思いますので、以下、大きなネタバレは含みません！

主人公の魔法剣士ソロンが、皇族の少女フィリアの家庭教師となって、彼女を一人前の魔術師に育てていく……というのがこの作品のストーリーです。

タイトルのとおりなのですが、実際にやっていることは、フィリアに迫られて「父と娘ごっこ」をしたり、肝試しをしたり、一緒の部屋で寝たり……なので、二人は師匠と弟子っぽくはない（？）かもしれません。

そ、そのうちソロンも師匠らしくなって、フィリアも成長していくはず……！

主人公のソロンはいわゆる器用貧乏です。

剣も魔法も使えるし、交渉ごとも得意で、料理も上手、語学も堪能……と何をやっても卒なくこなします。もちろん器用貧乏ということで、どれも中途半端だという欠点はあります。ですが、作者自身は何をやっても不器用なので、何でもできるソロンには個人的な憧れが詰まっています。

皇女フィリアも個人的な好みが詰まった存在です。

高貴な生まれのヒロインというのが個人的には大好きだったりします。例えば、現代ものなら名家のご令嬢、ファンタジーならもちろん皇女！　あとはフィリアの銀髪だったり年下だったりという属性も好きなのですが、ソロンをからかういたずら好きな性格が最大のポイントでしょうか。

ちなみに、この二人を含めて、登場人物の名前は、ちょっとした由来があったりします。ソロンとそのライバルのクレオンは、いずれも古代アテナイの政治家の名前。賢者アルテは女神アルテミスから。

フィリアはギリシア語で「愛」の単語で、幼なじみの騎士団長ソフィアは「智慧《ちえ》」を意味しているので、愛と智慧、で対になるようにしています。

メイドのクラリスとルーシィ先生の名前は何も考えずにつけたのですが、偶然にもどちらも「光」を意味する名前らしいです。その他のサブキャラクターの名前にも元ネタがあったり（なかったり）するので、気づく方もいるかもしれません。

最後になりましたが、素敵なイラストを描いていただいたＣＯＭＴＡ様、ありがとうございました。フィリアたちの可愛らしく生き生きとした表情を見ることができて、とても嬉しく思います！

また、諸々大変お世話になった編集のＦ様、ありがとうございました！　デザインや校正の方をはじめ、関わっていただいた方にも深く感謝します。

そして、手に取っていただいた読者の皆様、本当にありがとうございました。二巻やコミカライズも、ぜひよろしくお願いいたします！

◆ソロン◆

{solon}

「フィリア様が俺の弟子だってことには変わりませんよ」

性別◆♂

年齢◆23歳

◆職業◆

第十八皇女フィリアの家庭教師

◆ フィリア ◆

{philia}

「ソロン。
わたしに勝利を!」

性別 ◆ ♀

年齢 ◆ 14歳

◆ 立場 ◆

帝国第十八皇女

◆クラリス◆

{claris}

「あたしの知っている
ソロン様は、とっても
優しい方です」

性別◆♀

年齢◆17歳

◆職業◆
帝国第十八皇女フィリアの
専属メイド

◆ルーシィ◆

{lucy}

「私はあなたのことをよく知っているもの。あなたは私の自慢の弟子よ」

性別◆♀

年齢◆26歳

◆職業◆

帝立魔法学校の教授

コミカライズ予告漫画
漫画：鳴原千
原作：軽井広
キャラクター原案：COMTA
どうしてうまく行かないのよ!!
ソロン殿を呼び戻すのです
ギチッ
よりにもよってノラタスにあんなことを言われるなんて…!!
確かに先輩はうまくやっていたかもしれない
けどそれがそんなにすごいこととは思えない
そうよ…ソフィア様の隣に相応《ふさわ》しいのは先輩じゃなくて私！
次の作戦は絶対に成功させてみせるわ

どんな手段を使っても…!!
失礼ですが
皇女フィリア殿下で間違いありませんか?
…ソフィア…?

ソロン
わたしに…勝利を！
必ずや
COMIC コロナ TOcomics
にて連載予定！お楽しみに！

魔力契約に結ばれ
ねえ、約束して。
何があってもずっと一緒だよ？
最難関ダンジョン
死都ネクロポリスへ!?

追放された万能魔法剣士は、皇女殿下の師匠となる

2020年10月1日　第1刷発行

著　者　軽井広

発行者　本田武市

発行所　TOブックス
〒150-0002
東京都渋谷区渋谷三丁目1番1号　PMO渋谷Ⅱ　11階
TEL 0120-933-772（営業フリーダイヤル）
FAX 050-3156-0508

印刷・製本　中央精版印刷株式会社

ISBN978-4-86699-042-2

Printed in Japan